www.tredition.de

AF202135

 Stefan Prebil arbeitet und schreibt in seiner Alphütte hoch über dem Brienzersee.

Nach einer Karriere im Top Management rund um den Globus, besteht seine Tätigkeit heute aus Beratung von Firmen im Technologie Bereich, Coachings und dem Schreiben von Romanen.

Seine Erzählungen handeln von persönlichen Beziehungen, außergewöhnlichen Biografien, im Kontext mit gesellschaftlichen Entwicklungen und dem rasanten technologischen Fortschritt.

Stefan Prebil

EISDIAMANTEN

BAND II

WEM GENUG NICHT GENÜGT,

IST NICHTS GENUG.

www.tredition.de

© 2019 Stefan Prebil
Umschlag, Illustration: Stefan Prebil
Cover Bild: Stefan Prebil

Lektorat, Korrektorat: *Textengel*

Karin Engelkamp

Verlag & Druck: tredition GmbH, Halenreie 40-44, 22359 Hamburg

ISBN
Paperback 978-3-7497-9641-0
Hardcover 978-3-7497-9642-7
e-Book 978-3-7497-9643-4

Inhaltsverzeichnis

Eins.. 7

Zwei.. 37

Drei. 51

Vier.. 71

Fünf. 86

Sechs.. 114

Sieben. 126

Acht.. 142

Neun. 152

Zehn. 163

Elf. 177

Zwölf.. 193

Dreizehn. 226

Vierzehn. 240

Eins.

Okay, Chuck. Mann, war das gut mit dir zu sprechen! Und wie gesagt, die Details «erklären wir dir, wenn du hier bist. Ich hole dich dann übermorgen am Bahnhof ab. Schick mir eine SMS, wenn du weißt, wann du ankommst.» Sam beendet das Gespräch mit einem Klick und legt sein Smartphone auf den Tisch. Er schiebt die Glastür zur Terrasse auf und lässt seinen Blick über den See streifen. Es ist fast Sommer geworden und der Wind beginnt, kurz vor Mittag und durch das fahle Sonnenlicht angetrieben, aufzufrischen im Tal.

Er freut sich, Chuck wiederzusehen, nachdem sie sich im zerstörten Reykjavik vor der Hallgrímskirkja, der Kathedrale, getrennt hatte. Chuck wollte mit den Rettungsbussen nach Keflavik, um seine vermisste Seydür zu finden. Sam hatte sich mit Marie und den anderen Tauchguidekollegen Emma, Jace, Piet und Barbu mit einer „geborgten" Cessna auf die Färöer Inseln retten können.

Er schüttelt lächelnd den Kopf. Dass er es als ehemaliger Privatpilot mit der zweimotorigen Maschine unter dem Bombardement des Ausbruchs von Katla geschafft hatte, sie alle heil dort hinauszuschaffen, ist ein Wunder.

Vorgestern sind sie schließlich mit dem Zug in Interlaken, in Sams kleinem Haus am See angekommen. Die Überfahrt von Tórshavn nach England hatte einiges an Organisation gekostet. Hunderte von Menschen waren mit Fischerbooten auf die Färöer gebracht worden und es gab nur wenige Transportmöglichkeiten, um von dort weiterreisen zu können.

Barbu konnte nicht mitkommen in die Schweiz. Er ist wohl noch auf den Färöer und wartet auf seine Papiere. Sie hatten ihm fünf der obskuren Steine, die sie während des Infernos entdeckt und mitgenommen hatten, und von jedem fünfzig Euro als „Wegzehrung" dagelassen und er hatte versprochen, sich zu melden, sobald er zu Hause angekommen sei.

Jace hatten sie am Hafen in Liverpool in den Zug nach London gesetzt. Er hatte ein paar Mustersteine und Fotos des gesamten Schatzes dabei, um sie seinem Cousin, der sich mit Diamanten auskennt, zu zeigen und schätzen zu lassen. Nachdem sie ihre Notpässe erhalten hatten, dauerte es zehn Tage, bis sie Plätze auf einem Fährschiff ergattern konnten.

Katla hatte sich zwar sehr beruhigt und spuckte nur noch einen Bruchteil der Asche in den Himmel, aber die verbleibenden Aschepartikel in der Stratosphäre hatten inzwischen den Erdball mehrfach umrundet und bildeten eine Art Nebel über der Nordhalbkugel. Der zivile Flugverkehr war immer noch blockiert und bis zu den Alpen war das Sonnenlicht abgedunkelt. Es war jetzt Ende Juni fast so trüb und dunkel wie sonst im November. Natürlich waren die Medien immer noch voll von Schicksalen der Isländer oder betroffener Touristen. Auch Spekulationen über eine Weltwirtschaftskrise oder zumindest eine tiefe Rezession, ausgelöst durch die Folgen der Aschewolke, waren jeden Tag in den Nachrichten zu hören. Tatsächlich hatten bereits vor Tagen mehrere große Airlines Insolvenz angemeldet und die Finanzminister der EU tagten täglich im Krisenstab, um Maßnahmen zu beschließen, die Wirtschaft, die Landwirtschaft und den Tourismus zu stützen. Die Milliarden, die da flossen, würden die Gemeinschaft wohl tatsächlich für Jahrzehnte belasten. Allerdings hatte sich trotz der Krisensituation wieder eine Art Normalität eingestellt. Der Thailand Urlaub wurde gestrichen und Nachbarschaftshilfe wieder großgeschrieben, wenn es darum ging, sich mit Lebensmitteln auszuhelfen. Auch die Nahrungsmittelproduktion und die Logistik waren durch die Vulkanausbrüche stark betroffen und die Regierungen hatten vorsorglich Rationierungen beschlossen. Die Menschen hatten sich mit der Situation arrangiert und machten das Beste daraus. Bisher kam es zu keinen chaotischen Situationen, auch wenn einige Parteien die Chance witterten, die Gesellschaft und das System anzuprangern, um Behörden und Regierung infrage zu stellen.

Sie waren aus Liverpool mit dem Zug und der Fähre via Frankreich in die Schweiz nach Interlaken gereist – eine rechte Tortur. Mit ihren Transportgutscheinen und dem wenigen Bargeld, das sie von ihren Botschaften erhalten haben, waren sie auf Regionalzüge verteilt worden und hatten Stunden an Bahnhöfen verbracht, um den jeweiligen Anschluss zu bekommen. So waren sie fast drei Tage unterwegs gewesen, aber schließlich müde angekommen. Sie hatten sich mit Klamotten eingedeckt und den Kühlschrank aufgefüllt. Verwandte und Freunde hatten sie schon von den Färöern aus informiert und sich in der Schweiz mit Handys und Schweizer SIM-Karten ausgerüstet.

Hier in Sams Haus am See wollen sie nun Jace' Nachricht abwarten und dann beschließen, wie ihr Leben weitergehen könnte – je nachdem, ob sie nun tatsächlich reich sind oder eben doch nicht.

Sam zündet eine Zigarillo an und versucht, sich zu erinnern, wie lange es her ist, dass er von zu Hause aufgebrochen war. Er hatte ein neues Leben beginnen wollen und seine Managerkarriere an den Nagel gehängt, um als Tauchguide in Island Touristen durch die Silfra-Spalte zu führen. Es muss vor acht oder neun Wochen gewesen sein. Die Zeit hatte sich durch all die Ereignisse gedehnt und es scheint ihm, als wäre es Jahre her, dass er die Tür seines Hauses mit dem Koffer in der Hand abgeschlossen hatte, um zum Flughafen zu fahren und den Flieger nach Island zu besteigen.

Sam betrachtet mit leerem Blick die Berghänge auf der gegenüberliegenden Seite. Als über Fünfzigjähriger aus einem lukrativen Job auszusteigen, um einen alten Jugendtraum wahrzumachen und als Guide in einer Wohngemeinschaft zu leben, hatte kaum jemand verstanden. Ich hätte mir einen Porsche gekauft und eine junge Freundin zugelegt – das war nur einer der Kommentare, die er zu hören bekam. Er ließ sich nicht beirren; das hatte er nie, wenn er sich etwas in den Kopf gesetzt hatte. Ohne seinen Mut zum Risiko hätte er sich nie vom Pharmareferenten zum Manager hocharbeiten können.

Das Abenteuer fühlte sich gut an und er gewöhnte sich schnell an das neue Leben mit all den Leuten, deren Vater er hätte sein können. Alles war so wunderbar! Mit Marie hatte er eine leidenschaftliche Liebesbeziehung begonnen und sich Hals über Kopf in sie verliebt.

Doch dann hatte Island seinen Bewohnern und den Millionen von Touristen, die jedes Jahr die urtümliche Insel besuchen, Demut gelehrt. Jede Woche ereignen sich auf Island sechshundert kleine Erdbeben und die über hundertachtzig Vulkane dort sind sehr aktiv.

Einige der Vulkane waren überfällig auszubrechen angesichts ihres bekannten Rhythmus, aber hätte das Ganze nicht noch ein, zwei Jahre warten können, bis er sich in seinem neuen Leben gefestigt hatte? Sam schüttelt den Kopf über den Gedanken. Wie kann man so überheblich sein! Er kann froh sein, das Inferno überlebt zu haben. Und darüber hinaus sind er und die anderen, die diesen unglaublichen Gesteinsfund gemacht haben, nun vielleicht unglaublich reich.

Bilder des Lahars, der Schlammlawine, die sich nach den Erdbeben und dem Vulkanausbruch am Langjökull Gletscher mit tödlicher Wucht auf die Silfra gewälzt hatte, tauchen in seinem Geist auf. Wie sie als kleine Gruppe mit dem Jeep der

Rangerin durch das Tal gerast waren, um dem Verderben zu entkommen und sich schließlich einen Hang hoch zu einer Mobilantenne in Sicherheit bringen konnten. Dort hatte Jace die milchig weißen Steine entdeckt, die sie in ihre Taschen gestopft hatten und von denen sie immer noch nicht genau wissen, ob es sich wirklich um Rohdiamanten handelt und wenn ja, was sie wert sind.

Wie sie dann von ihrem Platz am Hang den Tsunami sehen konnten, der Reykjavik ausradierte. Schließlich hatten sie es in die zerstörte Stadt geschafft und konnten von dort aus mit der Cessna auf die Färöer Inseln entkommen.

Als die Bilder wie Blitzlichter durch seinen Kopf schießen, läuft eine Gänsehaut über seinen Körper und sein Magen zieht sich zusammen, als wäre er jetzt gerade wieder mitten in der Katastrophe.

So viele Menschen waren gestorben. Simi, der beim Diamantenfund völlig außer sich versucht hatte, einen riesigen Stein zu bergen und damit in den Tod gestürzt war. Ian, der wild entschlossen zur Silfra gerannt war, um die Rangerin zu retten, als der Lahar bereits auf dem Weg zu ihnen war. Und Mickey, der verzweifelt seine Liebste, Julia, aus der einstürzenden Silfra retten wollte und dabei mit ihr verschüttet wurde. All die anderen Teams mit den

Touristen, die es nicht geschafft hatten, rechtzeitig zu entkommen.

Sam schließt seine brennenden Augen, als könne er dadurch das Grauen verdrängen, und atmet tief durch. Sie sind am Leben! Das ist alles was zählt, versucht er sich zu beruhigen.

Auch auf Island versuchen die Menschen, sich wieder aufzurappeln. Die NATO Truppenverbände hatten die Evakuation der Überlebenden aus Island mit ihren Flottenverbänden organisiert. Notfälle konnten mit den tieffliegenden Helikoptern transportiert werden, welche die Verletzten entweder auf die Hospitalschiffe verteilten oder gleich via England in die verschiedenen Kliniken ausflogen. Für die Unversehrten gab es die Fährschiffe und die Fregatten unter NATO Kommando.

Sam drückt den Zigarillo am Geländer aus und steckt den Stummel in seine Hosentasche. Das Haus ist bescheiden, aber es reicht für sie alle. Bequemer als V18, wo sie auf Island untergebracht waren, ist es allemal. Ein großes Wohnzimmer mit einer Holzterrasse, die auf den See ragt, ein Schlafzimmer, wo er und Marie sich einquartiert haben, ein Gästezimmer, wo Emma schläft und das Büro, mit dem Piet vorliebnehmen muss. Hier würde man auch Chuck noch unterbringen können.

«Alles gut bei dir?», fragt Marie und umfasst Sam von hinten um die Brust. Sam löst sich sanft aus der Umarmung und dreht sich zu ihr. «Stell dir vor, Chuck hat sich gemeldet. Er ist auf dem Weg hierher. Morgen hol' ich ihn vom Bahnhof ab.»

Bevor Marie die tausend Fragen stellen kann, die ihr durch den Kopf schießen, hören sie, wie die Eingangstür geöffnet wird. Piet und Emma waren einkaufen und sind offenbar zurück. Marie drückt Sam mit einem Augenzwinkern einen Kuss auf die Lippen und ruft: «Kommt her, wir haben Neuigkeiten!»

Piet fischt aus der Einkaufstüte ein paar Dosen Bier und stellt sie auf den Glastisch vor den Rattanstühlen. «Eisgekühlt», meint er freudig.

Emma holt sich aus der Küche eine Flasche Cola und kommt mit zwei Gläsern zurück. Sie hat richtig geraten, auch Marie will so früh am Tag lieber kein Bier.

«Habt ihr schon was von Barbu gehört?», fragt Emma, nachdem sich die Männer einen tüchtigen Schluck aus ihren Dosen genehmigt haben.

«Nein, aber ich habe gerade mit Chuck gesprochen», antwortet Sam und schaut in die Runde.

«Er hat offenbar seine Seydür nicht gefunden. Tragisch! Es gibt keine Spur von ihr. Entweder ist sie irgendwo unter den Trümmern verschüttet oder von Keflavik aus zu Verwandten irgendwo auf der Insel weitergereist.»

«Das ist der reinste Horror! Und wie geht es ihm?», fragt Emma.

«Nun, er meinte, es wäre einfach so, als hätte sich eine seiner Geliebten ohne Nachricht verabschiedet. Ihr kennt ja Chuck. Aber so ganz glaub' ich ihm das nicht. Es scheint ihn tiefer zu treffen, als er es zeigen möchte.»

«Und woran merkst du das?», fragt Emma.

«Er wollte kaum darüber sprechen und hat immer wieder das Thema auf die Steine gelenkt, wenn ich ihn nach seinem Befinden fragte. Er war richtig versessen darauf zu erfahren, ob wir nun reich sind oder nicht. Natürlich habe ich ihm erklärt, dass wir das noch nicht wissen und Jace' Bericht abwarten müssen, aber das hat ihn nicht beruhigt. Er ist auf dem Weg zu uns.»

«Wie? Chuck kommt hierher?», fragt nun Piet und stellt sein Bier auf den Tisch. «Traut er uns nicht? Also, ich würde weitersuchen nach meiner Liebsten. Aber ich bin ja nicht Chuck.»

Emma und Marie nicken nachdenklich. Es ist beruhigend, Chuck wohlbehalten zu wissen und ihn bald wiederzusehen, aber falls die Steine tatsächlich etwas wert sind, wird er sofort anfangen, Druck aufzubauen, wie damit umzugehen sei und was aus seiner Sicht nun zu tun ist. Sie haben sich bisher um die Frage gedrückt und nur manchmal vor dem Einschlafen daran gedacht, wie wenn man sich vorstellt, im Lotto den Jackpot geknackt zu haben. Dabei schwanken sie alle gleichermaßen dazwischen, es sich nicht vorstellen zu können und zu versuchen, es zu glauben. Fantasien machen sich in ihren Köpfen breit, was sie mit dem Geld alles anstellen könnte. Aber noch sind ja die Zahlen nicht gezogen und sie haben keine Ahnung, ob sie eine Niete in Händen halten oder ein Vermögen.

«Ich glaub' nicht, dass Chuck uns nicht traut», antwortet Sam. «Er hält sich einfach an der Vorstellung fest, er könnte reich sein und verdrängt damit seine Verzweiflung. Und er will, ganz Chuck, sofort die nächsten Schritte planen und wird wohl wie immer alles besser wissen. Von Barbu habe ich übrigens auch eine E-Mail erhalten. Er ist offenbar in Wien angekommen. Das sind gute Nachrichten.»

«Ja, was tun wir denn, wenn wir tatsächlich reich sind? Hast du etwas von Jace gehört, Emma?», meint Piet fröhlich.

«Er ist in London bei seinem Onkel angekommen und sein Cousin John wird morgen einen seiner Partner treffen, um seine Beurteilung über die Steine mit ihm zu überprüfen.»

«Okay, aber hat er denn noch nichts dazu gesagt?», hakt Piet nach.

«John ist ein sehr gewissenhafter Mann. Jace konnte ihn nicht zu einer Stellungnahme bewegen, bevor er sich nicht sicher ist. Allerdings fand er die Sache ziemlich extrem, wie er sich gegenüber Jace ausgedrückt hatte.»

«Hmm», brummt Piet und schaut in die Runde.

«Mal angenommen, wir sind reich und können die Steinchen verklickern. Ich meine, nehmen wir an, wir sind richtig reich. Dann sind wir Milliardäre! Was tun wir, was tut jeder von uns, mit dem Geld?», bricht Marie das kurze Schweigen.

Alle schauen sich verdutzt an. Es ist, als denken sie zum ersten Mal überhaupt darüber nach. Natürlich hatten sich alle in den letzten Wochen sich Gedanken gemacht, aber so richtig bis ins Detail?

Wie die meisten Menschen hatten sie sich so eine Situation schon früher einmal vorgestellt, wenn das Geld nicht reichte oder sie Wünsche hatten, die weit über ihre finanziellen Möglichkeiten gingen. Ein Tagtraum, wie wenn man einen Ärger mit einem großen Drink herunterspült und sich die Wirkung des Alkohols wie eine warme Decke über die frostige Welt legt.

Es ist, als erzähle man sich eine schöne Gutenachtgeschichte, um der Wirklichkeit zu entfliehen und danach selig einzuschlafen. Um der Sehnsucht nach Befreiung von Zwängen und Einschränkungen zu entkommen und sich vorzustellen, wie es wäre, plötzlich reich zu sein und alle materiellen Wünsche in Erfüllung gingen. Wie ein Baden in dem Gefühl, eine solche Mitteilung zu erhalten.

Man empfindet dabei eine Art Taubheit – so erzählen es zumindest Menschen, denen so etwas Wiederfahren ist, – und dann ist man überschwemmt von Glücksgefühlen, sobald das Bewusstsein aufhört, sich zu weigern gegen die Unerhörtheit, dass es wahr ist.

Die Gedanken beginnen, sich zu überschlagen und die Stimmen im Kopf reden wild durcheinander. „Wow! Nun muss ich nie mehr irgendwelche mühsamen Jobs machen. Ich werde mir nie mehr Sorgen machen müssen, wie ich meine

Rechnungen bezahlen sollt. Ich bin FREI!" Und eine andere Stimme ruft: „Zehn Millionen – Wahnsinn! Obwohl – hat nicht vor ein paar Monaten einer den Jackpot mit neunzig Millionen geknackt? Shit, warum muss der Jackpot jetzt so niedrig sein, wenn ich einmal gewinne! Schließlich ist die Wahrscheinlichkeit so gering, überhaupt zu gewinnen, dass mir das wohl kaum noch einmal geschehen wird. Aber egal. Was soll's. Zehn Millionen werden reichen für ein sehr bequemes Leben, in dem ich alles, was ich möchte, haben kann." „Hoffentlich fressen die Steuern nicht die Hälfte oder noch mehr auf", meldet sich eine dritte Stimme.

Die Gedanken schwenken von Befürchtungen bis zu Ärger, zu tausend Möglichkeiten. Ängste steigen hoch, die vor der frohen Botschaft unbekannt hat waren. Und eine Glückseligkeit ergreift einen, wie als Kind vor dem Weihnachtsbaum mit unzähligen Geschenkpaketen, deren Inhalt man vorher auf einer Liste bestimmen durfte.

Was würden Sam und seine Kollegen auf so eine Liste schreiben? Ein tolles Haus, eine Villa auf dem Land vielleicht. Einen geilen Offroader, natürlich diesen Zehn-Zylinder-Mercedes. Na ja, und dann vielleicht noch ein Cabriolet für den Sommer. Und – ach ja, einen Pool müsste die Villa natürlich haben. Und Reisen, genau. In die Antarktis mit einem

Expeditionsteam und dort tauchen. Und dann eine Safari mit dem Offroader durch die Savannen Afrikas. Oder gleich eine Weltreise? Mit einem luxuriösen Katamaran-Segler und der besten Ausrüstung, um unterwegs in den tollsten Gebieten tauchen zu können. Tauchen – genau! Vielleicht wäre es auch eine tolle Sache, ein Resort auf einer Insel mit einer Tauchbasis zu kaufen oder aufzubauen. Dazu gehören natürlich noch ein, zwei Speedboote und das Ganze natürlich so, wie es sich gehört: umweltverträglich, nachhaltig, keine Touristenfalle. Nicht so wie die Resorts, für die ich in der Vergangenheit gearbeitet habe. Aber ob für das alles die zehn Millionen reichen? Verdammt, warum kann es nicht der große Jackpot sein?! Dann könnte ich vielleicht auch noch ein Haus für die Mutter kaufen, sie hätte es mehr als verdient. Oder der Schwester ein Studium ermöglichen, dass sie als alleinerziehende Mutter niemals finanzieren kann. Für alles würden die zehn Millionen nicht reichen und ich werde auswählen müssen, mich beschränken. Beschränken? Mach ich das nicht jetzt schon ständig?

Dieser „Tagtraum" jedoch, den die Taucherfreunde gerade träumen, ist komplett anders. Es geht nicht um ein paar läppische Millionen, die sie sich auch noch teilen müssen. Es geht um hunderte Millionen für jeden von ihnen.

Schweigen herrscht in der Runde. Nur am Glitzern in den Augen ist zu erahnen, welche Luftschlösser gerade in den Köpfen gebaut werden. Von schmucken Landhäusern bis zu goldenen Palästen. Von Lamborghinis bis zu getunten Offroadern, von Pferdegestüten bis zu Tauch Resorts.

«Und?», fragt Marie in die Runde. Alle glotzen sie an. «Was würdet ihr mit dem Geld machen?»

«Also, ich werde mir....», meldet sich Piet mit belegter Stimme.

«Halt – Stopp, Freunde!», fällt ihm Sam ins Wort.

«Bevor wir uns jetzt alle übertreffen mit den aberwitzigsten Ideen, müssen wir wissen, von welchen Beträgen wir sprechen und wie wir die Steine überhaupt zu Geld machen können. Das wird nicht so einfach. Wir können ja nicht einfach bei einem Juwelier hereinspazieren und ihn fragen, ob er einen Diamanten kaufen möchte. Wenn es wirklich so hohe Werte sind, werden wir zuerst Käufer finden müssen, bevor wir irgendwelche Anschaffungen machen oder sonst wie mit dem Reichtum hantieren. Wir werden vorsichtig vorgehen müssen, um nicht gleich die Behörden und die Medien am Hals zu haben», fährt Sam fort. Seine Nüchternheit bringt die anderen wieder auf den Boden der Tatsachen. Seine Worte lassen die funkelnden Traumbilder in den Köpfen verblassen. Etwas widerwillig kehren sie in die Realität zurück.

«Du hast natürlich recht», entgegnet Emma. «Aber angenommen wir lösen das. Wir haben uns alle unsere Wünsche erfüllt, dann sind wir immer noch unglaublich reich. Also, ich denke, wir sollten eine Stiftung gründen. Es gibt so viel Armut und Leiden auf der Welt. Und schließlich haben wir die Steine ja nur durch Zufall gefunden. Verdient haben wir uns in dem Sinne ja nicht. Da schulden wir der Welt doch etwas».

«Da wirst du bei Chucks aber wahrscheinlich auf Granit beißen. Im besten Fall macht er sich über dich lustig oder wird sauer werden, was ich sogar nachvollziehen könnte. All die Schwerreichen haben ihr Vermögen doch auch nicht wirklich verdient. Dann müssten die auch ihr Geld in lauter Stiftungen stecken», meint Piet lakonisch und erntet dunkle Blicke von Emma und Marie.

«Tun sie doch auch», erwidert Sam. «Schau dir doch an, was Buffet, Zuckerberg, Gates und wie sie alle heißen für wohltätige Zwecke in Stiftungen stecken» meint Sam.

«Ja, ja, so lassen sie es in den Medien verbreiten. Aber was tun sie wirklich? Und selbst wenn, ändert das was am Zustand der Welt? Abgesehen davon, ist das dann doch eine andere Liga. Die sind ja alle trotzdem noch unglaublich reich und müssen sich keine Sorgen machen. Also, ich möchte eine richtig tolle Tauchbasis gründen. Besser noch eine globale Kette von Basen, wo ich alles ökologisch und nicht so Geld-versessen anbieten könnte. Oder ich kaufe gleich alle Adventure-Unternehmen in Island und mache daraus ein nachhaltiges Business. Und wenn noch was übrigbleibt, kann ich ja immer noch was spenden. Das ist meine Meinung», erwidert Piet aufgeregt.

«Hmm, es wird wohl nicht so einfach, uns zu einigen. Wenn jeder von sich aus etwas spendet, ist das zwar gut, aber mit einer gemeinsamen Stiftung könnten wir schon mehr bewirken. Die Idee gefällt mir jedenfalls sehr», meint Sam.

«Also, dann müssen wir uns einigen, wie viel jeder für sich behält und den Rest geben wir in einen gemeinsamen Topf, um damit Gutes zu bewirken?», fragt Marie.

«Genau, das finde ich richtig. Und ich glaube, auch Jace findet das gut. Und es müsste was übrigbleiben, um Familie und Freunde mit ihren

Projekten oder Bedürfnissen zu unterstützen. », entgegnet Emma.

Piet bricht in schallendes Gelächter aus und geht ins Haus, um sich noch ein Bier zu holen. «Ihr seid doch alle bescheuert», hören sie ihn noch brummen.

«Am besten wir überlegen uns, ob ein gemeinnütziger Teil bestehen soll oder nicht und wenn ja, wie hoch dieser Anteil vom Ganzen ist. Das wird nicht einfach, aber wir werden schon einen Konsens finden. Oder nicht?», fragt Sam in die verbleibende Runde. Emma und Marie schauen ihn mit kritischen Mienen an.

«Ihr seid doch alle komplett durchgeknallt. Spinnt ihr eigentlich? Da haben wir einmal Glück im Leben und können endlich tun, wovon jeder von uns nicht einmal zu träumen gewagt hat und das Erste, was euch in den Sinn kommt, ist die Kohle für die armen Kinderlein in Afrika zu spenden? Also, ich mach da nicht mit. Prost», ruft Piet aus der Küche und öffnet eine Dose Bier.

«Männer!», kommentiert Marie, legt den Arm um Emma und geht mit ihr auf die Terrasse.

Piet holt tief Luft und schaut Sam an. Vielleicht ist es besser, ein Bier zu trinken, statt einen Streit mit den Frauen zu beginnen.

«Was soll das? Wollen die allen Ernstes jetzt auf Albert Schweitzer machen und die Welt aus der Armut retten? Das ist doch naiv, richtiges Frauengeschwätz», brummt Piet erbost, als er sich zu Sam an die Bar in der Küche setzt.

«Komm runter, Piet. Wir sollten den Hirsch erst teilen, wenn wir ihn erlegt haben. Ich bin überzeugt, es wird genug da sein, um sich ein gutes Leben machen zu können», antwortet Sam und massiert mit einer Hand Piets Schulter.

«Ich weiß nicht. Was machst du eigentlich mit dem Geld?» fragt Piet.

«Hmm, natürlich habe ich schon darüber nachgedacht. Ist gar nicht so einfach. Ich habe dieses Haus, ein Auto, kann mir Reisen leisten. Soll ich das alles einfach noch größer machen, luxuriöser, nur weil ich nun viel Geld habe? Jedenfalls bin ich schon froh, wenn ich nie, nie mehr irgendeinen stinklangweiligen und obendrein noch anstrengenden Job machen muss, um mein Leben zu finanzieren.»

Piet nickt nachdenklich. «Aber da muss es doch etwas geben, was dich wirklich begeistert außer die Kohle zu verschenken. Ich hätte da schon Ideen.»

«Hast Du einmal von der Studie gelesen, die man mit Lottogewinnern gemacht hat? Offenbar ist es mit dem Geld fast wie mit dem Verliebtsein. Nach ein paar Monaten des absoluten Hochgefühls, der Glückseligkeit, wobei Vernunft und Urteilsfähigkeit verloren gehen, landen fast alle unsanft auf dem Boden der Realität. Die meisten gehen pleite und sind danach unglücklicher als zuvor. Lass uns nachdenken, bevor wir wie verliebte Affen mit Geld um uns schmeißen», sagt Sam.

«Da magst du recht haben, aber ich träume ja gar nicht von dicken Autos, Villen und so einem Zeug. Okay, zugegeben, schon auch. Ein bisschen Spaß darf ja sein, aber mein wirklicher Traum ist, ein weltweites Netz von Tauch Resorts aufzubauen. Nachhaltig und mit Biologen, die den Gästen spannende Informationen über das Meer und seine Bewohner liefern, so wie Jacques Custeau das gemacht hat. Der hat's drauf gehabt. Er ist mein Held. Hast Du gewusst, dass er eine Stadt unter dem Meer bauen wollte? Ich würde mit Unterwasserressorts anfangen. Vielleicht könnte ich das ja nun Realität werden lassen», meint Piet mit leuchtenden Augen.

«Hmm, klingt toll. Eine Tauchbasis wäre schon stark. Ich habe mit Marie auch über so etwas gesprochen», sagt Sam und wird sich bewusst, wie wenig Träume er offenbar aus seiner Jugend hat retten können. Er hat für sich keine Luftschlösser gebaut, eher Sandburgen. Und wenn er ehrlich ist, würde er sogar den ganzen Reichtum verschenken, wenn er dafür einen Pakt mit dem Teufel oder wer auch immer zuständig ist, schließen könnte: Das Geld gegen eine lebenslange, glückliche Liebe. Vielleicht sogar doch noch Vater werden und in Geborgenheit alt werden. Doch das lässt sich leider nicht kaufen, deshalb hatte er nur ein wenig mit Marie über eine Tauchbasis fantasiert. Nicht weil er es das Größte fand, sondern weil er dachte, es würde ihr gefallen.

«Marie hat mir heute übrigens auch gesagt, ich sei auch nur einer dieser Kindsköpfe der Tauch-Looser-Gemeinschaft. Dauernd auf Abenteuer aus und dazu noch völlig beschränkt. Da sei man endlich reich, die ganze Welt läge einem zu Füssen und man könnte etwas wirklich Wichtiges erreichen. Aber das Einzige, was uns dazu einfalle, sei eine Tauchbasis. Damit hat sie wohl auch dich gemeint», sinniert Piet, schaut sich die Dose, als wolle er prüfen, was er da eigentlich trinkt, und rülpst lautstark.

«Hmmm», brummt Sam. Er will sich nicht provozieren lassen, aber er spürt, wie sich sein Magen leicht zusammenzieht.

«Emma stand dabei und hat zustimmend genickt. Ihr Jace fasle auch dauernd nur von einer Tauchbasis. Mit solchen Männern solle man dann sein Leben aufbauen. Marie meinte zur Bestätigung, dass auf Männer sowieso kein Verlass sei. Wenn es darauf ankäme, würden sie immer verschwinden oder im besten Fall brav nicken. Mehr könne man nicht erwarten. Zu welcher Kategorie gehörst du, Sam?», fragt Piet und lächelt schief.

Sams Wangen bekommen ein wenig Farbe, aber er sagt immer noch kein Wort. Eine gute Frage. Zu welcher Kategorie gehört er? Er vermutet, zur Zweiten, gefolgt von der Ersten, wenn er es nicht mehr aushält. Zumindest war es so in der Vergangenheit.

«Wo willst du denn deine Basis aufmachen», fragt er, um das Thema zu wechseln.

„«Island…»", antwortet Piet, ohne lange zu überlegen. Er schaut Sam forschend. «Da ist alles am Boden und es gibt keine Konkurrenz. Die Behörden würden heilfroh sein, wenn ich da eine Werft kaufe und die Module für meine Unterwasserhotels bauen. Dann können auch Nichttaucher diese Welt entdecken und ich kann etwas dazu beitragen, dass mehr Menschen mithelfen, den Planeten zu retten. Das ist tausendmal cleverer als diese naive Bäumchen-umarmen-Idee mit Spenden, um die Armut zu beseitigen», antwortet Piet. Er kommt jetzt richtig in Fahrt.

«Wann hast Du denn mit den beiden gesprochen?», fragt Sam, da kommen Emma und Marie Arm in Arm lachend ins Haus.

Stillschweigend einigen sie sich, das Thema vorerst ruhen zu lassen, bevor das schwelende Feuer auflodert und sich mit den Flammen bis zum Dach frisst.

«Ein Bier, die Damen?», fragt Sam charmant lächelnd. Die beiden nicken.

Abends liegt Marie neben Sam im Bett. «Sam, chérie, was denkst du wirklich über unseren bevorstehenden Reichtum? Es wird wohl nicht nur lustig werden. Ich bin gar nicht so sicher, ob das gut ist. Wenn ich wählen könnte, wäre das alles gar nicht geschehen und ich wäre immer noch ein armer Guide auf Island.»

Sie löst sich aus seiner Umarmung und setzt sich auf. Sam brummt etwas Unverständliches.

«Ich kann jetzt nicht schlafen. Sprich bitte mit mir», versucht Marie ihn in ein Gespräch zu verwickeln.

Sam setzt sich ächzend auf. «Das ist nicht so einfach zu beantworten. Dazu geht mir vieles durch den Kopf, über unsere Gesellschaft, unser System, meine eigenen Werte. Kann ich daraus den Schluss ziehen, wie wir das anstellen sollen, Wohltätern zu werden?»

«Explique mois. Sag mir, was du darüber denkst, Sam.»

«Ich kann es versuchen», sagt er. Marie legt sich wieder hin, zieht Sam zu sich herunter und kuschelt sich an seine Schulter, als würde er nun mit Gutenachtgeschichte beginnen.

«Also, es war einmal ein Planet, auf dem lebte eine komische Spezies namens Homo sapiens...» Marie schaut Sam unverwandt an. Er sieht ihren Blick und seufzt, aber sie lässt nicht locker.

«Okay, mein Schatz, ich will versuchen, nicht zynisch zu werden und meine zugegebenermaßen etwas pessimistische Weltanschauung außen vorzulassen.»

«Das finde ich einen guten Anfang, mon cher. Ich bin gespannt.»

«Vielleicht müssen wir zuerst klären, wie groß unsere Möglichkeiten wären. Angenommen, wir hätten die stolze Summe von einer Milliarde Dollar. Obwohl ich nicht glaube, dass die Steine so viel wert sind, und selbst wenn, dass wir die einfach so in Bargeld tauschen können, aber angenommen wir hätten eine Milliarde. Wenn wir nun das Geld, sagen wir in eine Stiftung überführen, es anlegen, möglichst ethisch, versteht sich, einen Zinsertrag von fünf Prozent pro Jahr. Das sind fünfzig Millionen, die wir aus der Stiftung heraus in Projekte investieren oder spenden könnten. Damit kann man natürlich viel Gutes tun, keine Frage, aber die Welt verändern? Einen wirklichen Wandel einleiten, so wie sich einige von uns das vorstellen? Wohl kaum. Kommt hinzu, dass wir uns wohl nicht so schnell einig würden, in welche Projekte wir investieren sollen, aber das ist ein anderes Thema.

«Aber du hast doch selbst gesagt, dass die Schwerreichen einen guten Teil ihres Vermögens in Stiftungen investieren, um diese Welt in einen besseren Ort zu verwandeln. Wir könnten uns ja so einer Stiftung anschließen, dann wäre unser Geld mehr wert», meint Marie und rollt mit ihren Fingern Härchen auf Sams Brust.

«Natürlich könnten wir das und es würde wohl auch tatsächlich etwas bewirken, aber ich führe dir einfach die Verhältnisse vor Augen. Zum Beispiel hier in der Schweiz kontrollieren um die zehn Prozent der Bevölkerung etwa neunzig Prozent des Kapitals. Das ist in anderen entwickelten Ländern nicht viel anders. Das Vermögen des reichsten Mannes der Welt wurde gerade wieder auf über hundertvierzig Milliarden geschätzt. Da sind unsere fünfzig Millionen oder wenn wir es über zehn Jahre komplett ausgeben, unsere hundert Millionen, kaum mehr als ein Tropfen auf den heißen Stein. Es würde Not lindern, aber das System nicht ändern und wenn das Geld verbraucht ist, wären wir wohl bald wieder da, wo wir angefangen hätten», dozierte Sam mit leiser Stimme.

«Und warum glaubst du, ist das so? Könnten wir Menschen uns nicht wandeln, dieses Streben nach immer noch mehr Reichtum aufgeben und tatsächlich die Welt verbessern? Unsere Umwelt erhalten, die Meere nicht weiter zerstören, uns gegenseitig mit Respekt behandeln, nicht mehr durch moderne Sklaverei unsere Shirts produzieren lassen?»

«Dafür müsste sich wohl unsere Grundsoftware radikal ändern, die grundlegenden Strategien des menschlichen Gehirns.»

«Oh, chérie, sprich nicht in Rätseln mit mir», kichert Marie und kneift Sam in die Brustwarze.

«Autsch! Okay, ich versuche dir zu erklären, wie ich es sehe. Dazu gibt es allerdings tausend Meinungen und seit Jahrtausenden haben sich weit klügere Menschen als ich den Kopf darüber zerbrochen. Zuerst einmal gebe ich dir völlig recht. Wenn wir Menschen es nicht schaffen uns zu wandeln, werden wir enden wie die Neandertaler. Eine Theorie besagt, dass die ausgestorben sind, als das

Klima kälter wurde und die Jagd damit schwieriger. Der Homo sapiens war fähig zu Kooperation und konnte in Gruppen Tierherden jagen, während die Neandertaler höchstens zu zweit oder zu dritt unterwegs waren und sich nicht mit Stämmen zusammenschließen konnten. So verhungerten die putzigen Kerlchen einfach, weil ihre Gehirne die Strategie, um zu überleben, nicht oder nicht schnell genug lernen konnten.» Marie dreht mit den Zeigefingern kleine Kreise in die Luft, als drehe sie ein Rädchen.

«Was ich sagen will, ist: Wir stehen heute vor einer ähnlichen Misere. Die Geldgier ist nur Ausdruck der Gier nach Macht. Und Macht war in den letzten Jahrtausenden das bestimmende Element, ob der Mensch überlebte und sich fortpflanzen konnte. Die Kooperation ist auf der Arbeitsteilung stehen geblieben und hat uns eine enorme Entwicklung beschert. Diese Grundstrategie, so mächtig wie möglich zu werden, so viel wie möglich anzuhäufen, um zu überleben, war so erfolgreich, dass wir uns damit quasi überholt haben. Nun sind die Folgen, dass wir kurz davor stehen, uns selbst die Lebensgrundlage zu entziehen, durch Überbevölkerung in einen gnadenlosen Kampf um die verbleibenden Ressourcen vom Zaun reißen. Ich glaube nicht, dass wir es als Menschheit schaffen, uns rasch genug zu wandeln, um uns den Gegebenheiten, die wir selbst geschaffen haben, anzupassen. Wir werden wohl aussterben oder drastisch reduziert werden und das Spiel beginnt von Neuem. Vielleicht wird ja dann die Welt zu einem besseren Ort, wie du und Emma es euch wünscht.»

Sam hebt seinen Kopf ein klein wenig, um Marie anzuschauen. Ihre Augen sind geschlossen und ihr Atem geht regelmäßig. Sam grinst. Nun hat er sie offenbar so gelangweilt, dass sie eingeschlafen ist. Er streichelt ihr sanft übers Haar und lässt seine Gedanken kreisen. Vielleicht haben Marie und Emma ja recht und er ist nichts weiter als ein alter Zyniker. Es konnte ja sein, dass ein Wandel im Kleinen anfing – bei jedem selber.

Der Test würde darin bestehen, ob sie sich einigen könnten darüber, was sie mit dem Reichtum anfangen wollen – wenn sie denn tatsächlich reich sind. Jace hat sich noch nicht gemeldet. Vielleicht reicht das Geld ja nur, um gemeinsam einen Tauchshop zu eröffnen. Das wäre nicht schlecht, darauf könnten sie sich sicher leicht einigen. Oder doch nicht? Wir sind doch eine rechte Truppe von Alphatieren, denkt Sam und ist sich nicht mehr so sicher, ob es überhaupt zu einer Einigung kommen kann, egal wie viel diese ominösen Steine wert sind. Das würde man dann sehen. Es scheint, dass sie vor Herausforderungen und Problemen stehen.

Vielleicht gibt es sogar hässlichen Streit, gerade wenn es ums Geld geht, sind Freunde schon so manches Mal zu Feinden geworden. Möglicherweise entzweien sie sich alle miteinander, was ohne die Vulkanausbrüche und diese milchigen Steine vor ein paar Tagen noch undenkbar war, so zusammengeschweißt, wie sie sich fühlten durch ihre gemeinsame Leidenschaft fürs Tauchen und die einfachen Verhältnisse, in denen sie im V18 hausten.

Zwei.

Sam steht am Bahnsteig des Bahnhofs Interlaken, um Chuck abzuholen. Sein Zug sollte in ein paar Minuten eintreffen und er vertreibt sich die Zeit mit einer Zigarillo. Am Morgen hatte er, nachdem die Batterie aufgeladen war, den alten, blauen Land Rover endlich starten können. Der alte Jeep war zwar trendig, aber in die Jahre gekommen. Alt, unsicher, aber trotzdem robust – fast wie er selbst, hatte er mit einem inneren Schmunzeln gedacht, als der Motor hustend in Gang gekommen war und er darauf wohlwollend das Armaturenbrett getätschelte hatte.

Nach dem Frühstück hatte Jace sich bei Emma gemeldet. Er war mit John unterwegs in die Schweiz, nach Zürich. Emma hatte das Gespräch auf Lautsprecher gestellt und natürlich gab es nur eine Frage, die im Raum stand. Aber Jace wollte nichts sagen. Er müsse es zuerst noch mit Johns Kontakten abklären, aber arm seien sie definitiv nicht mehr. Was immer das heißen sollte!

Sam bläst den Rauch in den diesigen Himmel. Immer noch lassen die Aschepartikel die Luft wie im Nebel erscheinen. Obwohl, es sieht nicht so schlecht aus wie noch vor Tagen befürchtet. Regen hatte in weiten Teilen Nordeuropas die Luft gewaschen. Ganze Landstriche sahen danach aus wie ein

Garten nach einem Fest mit rauchigem Höhenfeuer. Häuser, Bäume, Straßen, alles war mit einer grauen Ascheschicht bedeckt, als sich der Regen verzogen hatte. Aber die gute Neuigkeit ist, dass der Jetstream, der Wind in großer Höhe, die Asche weiter gegen Norden in Richtung des Pols treibt.

Noch immer spuckt Katla auf Island Lava und stößt Aschenachschub über zehn Kilometer hoch in den Himmel, doch die Intensität hat deutlich nachgelassen. Natürlich kann es noch Wochen dauern. Oder in ein paar Tagen vorbei sein. Doch die Luftüberwachung hat sich entschieden, den Luftraum jeweils immer für vierundzwanzig Stunden im Voraus freizugeben, sollten die Windverhältnisse die Asche aus den Lufträumen fernhalten. Sicherheit in Ehren, aber mittlerweile sind sechs Airlines insolvent und wenn das so weitergeht, wird es in ein paar Wochen keine mehr geben.

Wenn es klappt, werden Jace und John morgen Vormittag mit einem der ersten Flugzeuge von London nach Zürich fliegen können, ansonsten werden sie zwei Tage später mit dem Zug ankommen. Dann werden sie endlich wissen, wie viel die Steine wert sind.

Ein schriller Pfiff ertönt. Der Intercity-Zug rollt in den Bahnhof und warnt Leute, die wie immer viel zu nah an der Kante stehen.

Zischend öffnen sich die Türen und Chuck springt mit einem Seesack um die Schultern auf den Bahnsteig. Als Erster – was denn sonst. Hinter ihm hilft ein älterer Mann einer Frau, ihren Kinderwagen aus dem Zug zu hieven.

«Welcome brother», brummt Sam und umarmt Chuck. Sie stehen da und klopfen sich den Rücken. Für einen Moment spürt Sam wieder das Grauen, das sie erlebt haben und er spürt einen Kloß in seinem Hals.

«Du siehst uralt aus», meint Chuck, von einem blökenden Lacher begleitet. Als wolle er das Gegenteil beweisen, nimmt Sam den Seesack von Chucks Schulter und zieht seinen Taucherfreund am Arm in Richtung Parkplatz gleich hinter dem Bahnsteig, wo der Jeep steht.

«Lass uns erst was trinken gehen», schlägt Chuck vor, als Sam die Tasche auf den Rücksitz geworfen hat und ihm die Autotür aufhält. Sam runzelt die Stirn, schließt die Tür wieder und deutet mit dem Kinn und einem fragenden Blick zu einer Dönerbude und den Tischchen mit vergilbten Plastikstühlen. Wortlos schlendern sie zu der Bude, bestellen je eine Dose Bier und setzen sich auf die schäbigen Stühle. Es ist nicht viel los am Bahnhof. Die normalerweise in schnatternden Gruppen herumirrenden Touristen aus Asien sind vorerst noch in ihren Ferienwohnungen, Hotels und Pensionen.

«Hast du Seydür gefunden? Wie geht es ihr?», beginnt Sam ein Gespräch, das Chuck, wie Sam vermutet, nicht vor den anderen führen will.

«Leider nein, aber ich habe einen Typen getroffen, der sie kennt. Er hat mir gesagt, sie sei mit einem Bus in den Westen gefahren. Ihre Eltern haben da eine Farm. Ich habe versucht, dort jemanden zu erreichen und sie ans Telefon zu kriegen. Keine Chance. Aber ich denke mal, es geht ihr gut. Die Wolken sind ja zuerst in Richtung Südosten getrieben. Allerdings hat der Wind in den letzten Tagen gedreht», erzählt Chuck ernst.

«Du musst dich sehr sorgen. Wie geht es dir damit?»

«Nun ja, in den ersten Tagen hat es mich sehr getroffen. Mittlerweile denke ich, vielleicht hat sie mich schon vergessen. So sind die Frauen», meint Chuck mit einem Lacher, der nicht so richtig gelingen will.

«Sie wird sich sicher melden, sobald sie kann», meint Sam.

Er weiß natürlich, dass dies kaum möglich ist. Chuck hat ein neues Handy mit neuer Nummer, aber vielleicht hatten sie ja vorher einmal E-Mail-Adressen ausgetauscht.

«Wir werden sehen … Aber viel spannender ist, dass ich heute Morgen mit unserem Jace gesprochen habe», meint Chuck und signalisiert, mit der Hand wedelnd, dass er über das Thema Seydür und seine große Liebe, wie er sie noch vor ein paar Tagen genannt hatte, nicht mehr sprechen will.

«Du hast mit Jace gesprochen? Wir auch. Auch heute Morgen. Er ist auf dem Weg nach Zürich.»

«Dann weißt du ja auch, dass wir steinreich sind und in ein paar Tagen im Geld schwimmen!»

«Nein...», antwortet Sam zögernd.

«Ich weiß, deshalb wollte ich mit dir sprechen. Es ist nicht so, dass ich den anderen nicht traue, aber es scheint mir, dass wir zwei die einzigen sind, die das Ganze in den Griff bekommen können und keine Dummheiten anstellen werden.»

Sam hebt die Augenbrauen. Was hat diese englische Bulldogge, die ihn treuherzig aus geröteten Augen anschaut, vor? Was ist da im Gang?

«Ich habe vor euch mit Jace gesprochen und ihn überzeugt, die Sache vorerst unter uns zu behalten.»

«Wie unter uns? Meinst du, es gibt hier zwei Gruppen? Du, Jace, ich und die anderen? Was soll das!», stößt Sam hervor und fühlt sich plötzlich bleischwer, als sei eine Grippe im Anzug.

«Jetzt hör mir erst mal zu, vielleicht verstehst du dann. Und wenn nicht, kannst du es den anderen ja immer noch erzählen.» Sam schaut Chuck tief in die Augen, dieser zuckt mit keiner Wimper. Kein listiges Glitzern ist in Chucks Augen zu erkennen und Sam lässt ihn nach ein paar Sekunden wieder los aus.

«Also, beginnen wir von vorne», beginnt Chuck und schüttelt, über Sams Reaktion belustigt, den Kopf. Was sind das doch alle für sentimentale Weicheier. Hier geht es doch jetzt darum, keinen Fehler zu machen, um die Kohle einfahren zu können, und nicht, ob sich jemand ausgeschlossen fühlen könnte. Er hatte dem alternden Manager eigentlich mehr zugetraut. Die Aussteigergeschichte hatte er ihm nie abgekauft, dazu war er zu belesen, zu weltgewandt. Er hatte, als Sam bei Silfra Scuba aufgetaucht war, schon nach ein paar Tagen herausgefunden, wer Samuel Frei eigentlich war, und es für sich behalten. Man wusste schließlich nie, wozu so ein Wissen gut sein konnte.

«Insgesamt haben wir sechshundertfünfundachtzig Steine, davon zwei mit über fünftausend Karat, siebzehn mit über tausend Karat, zweiundfünfzig mit über fünfhundert Karat und den Rest mit zwischen fünfzig und zweihundert Karat», beginnt Chuck und macht eine Kunstpause. Das weiß ich, denkt Sam und nickt ihm auffordernd zu.

«Das sind schon mal alles richtig große Steine, auch die kleinsten, geschweige denn die zwei großen Klunker. Das muss man sich mal vorstellen!» sagt Chuck, sichtlich erregt.

«Um es kurzzumachen: Wenn die Steine auch nur annähernd die gleiche Qualität und Reinheit haben wie die Muster, die wir Jace mitgegeben haben, dann ...»

«Dann?», fragt Sam gespannt.

«Dann haben die Klunkerchen einen Wert von um die drei Milliarden – US-Dollar wohlverstanden», flüstert Chuck heiser.

Nun funkelt das erwartete Glitzern in Chucks Augen doch noch auf, wie ein Neujahrsfeuerwerk, das sich in seinen Augen spiegelt. Sams Glieder spannen sich an und sein Magen krampft sich zusammen, als ramme Chuck ihm seine Faust in den Bauch. Seine Beine kribbeln und es geht ihm ein Rauschen durch den Körper, dass er sich an den schmuddeligen Plastiklehnen des Stuhls festhalten muss, um nicht vom Stuhl zu kippen. Chuck lehnt sich nach vorn, keine drei Zentimeter von Sams Gesicht entfernt.

«Verstehst du jetzt, was ich meine?», flüstert er und packt Sam am Nacken. Er lehnt sich wieder in seinem Stuhl zurück, klaubt eine Packung Zigaretten aus seiner Jacke und steckt sich eine an. Tief zieht er den Rauch in seine Lungen, um ihn dann mit einem kräftigen Ausatmen in den Himmel zu blasen. Er schaut zwei Möven nach, die stumm über den Bahnhof gleiten und im Gegenwind über der Aare, dem Fluss gleich hinter dem Bahnhof, stehenzubleiben.

«Halt! Zuerst müssten wir ja das Geld haben. Im Moment haben wir nur einen Haufen Steine», meint Sam, der sich wieder gefasst hat. Sein Bauch fühlt sich wieder normal an und er atmete bewusst ruhig und tief. Atmen ist das Wichtigste, um einen klaren Kopf zu behalten; das ist nicht nur unter Wasser so.

«Exactly, my friend, das ist der kritische Teil der Geschichte. John hat seine Kontakte spielen und sich raten lassen, es nicht einfach auf dem freien Markt zu versuchen oder an eine Diamantenbörse zu gehen. Zu viele Fragen würden auftauchen und am Ende würde vielleicht sogar der isländische Staat behaupten, die Steine gehören uns gar nicht. Weißt du, was ich meine?»

Sam nickt und spürt, wie das flaue Gefühl in seinen Magen zurückkehrt.

«Was glaubst du wohl, wieso John und Jace nach Zürich fliegen und nicht nach Amsterdam, wo es doch den größten Diamantenhandel der Welt gibt?»

«Weil man sie dort nicht verkaufen könnte», erwidert Sam nach einer Weile.

«Exactly! Aber in Zürich schon. Da gibt es eine Mischung aus Banken mit ihrem Schweizer Bankgeheimnis und dem Diamantensyndikat, das auf den Tycoon namens Oppenheimer zurückgeht und heute via Diamantenhandel Geld wäscht oder Steuerhinterziehern behilflich ist. Oppenheimers Nachfahren haben das Geschäft in der Familie behalten. Auch wenn indische und natürlich südafrikanische Diamantenhändler in Holland längst bedeutender sind und den Welthandel kontrollieren, hat es dieses Syndikat geschafft, die Preise für Diamanten hochzuhalten. Auch wenn ein Diamant heute nicht mehr wert wäre als Kupfer, würden alle Vorkommen ausgebeutet», erklärt Chuck. «Wie auch immer –

John kennt einen der sehr diskreten Händler dieses Syndikats und der hat ihn, nachdem er die Geschichte gehört hatte, nach Zürich eingeladen. Man sei sehr interessiert, miteinander ins Geschäft zu kommen«, doziert Chuck, sichtlich in Fahrt gekommen, und klopft sich auf die Schenkel.

Sam schaut sich besorgt um. Niemand nimmt Notiz von ihnen. Wer würde auch auf die Idee kommen, dass die beiden unscheinbaren Typen in ihren verwaschenen Jeans und abgewetzten Jacken hier an der Dönerbude gerade über eine Milliarden-Transaktion sprechen. Nun war es Sam, der mit seinem Blick die Möven über dem Fluss suchte. Obwohl er vieles gesehen hat in seinem Leben und nicht so einfach aus der Ruhe zu bringen ist, jagt ihm das, was er da gerade hört, einen gehörigen Schrecken ein. Augenblicklich wird er sich darüber bewusst, dass sie alle in einer sehr gefährlichen Lage sind. Zwar ist keine Schlammlawine hinter ihnen her, aber was sich da zusammenbraut, kann genauso tödlich enden. Hier wird ein Machtgefüge tangiert, von dem sie keine Ahnung haben. Sie könnten Marktverhältnisse stören und das Vermögen einiger mächtiger und wahrscheinlich skrupelloser Menschen empfindlich treffen. Deren Gier ist vermutlich nicht zu unterschätzen. Eine Welle der Gewalt könnte über Sam und seine Freunde hinwegrollen. Dabei würden nicht nur die Steine verschwinden, sondern auch sie selbst.

Sam pfeift leise durch die Zähne und fragt: «Was ist der Plan?»

«Jetzt komm, du Idiot – wir sind reich! Das lässt dich vielleicht kalt, aber mich nicht. Natürlich weiß ich, dass wir einen kühlen Kopf bewahren müssen, und genau deshalb will ich nicht, dass die Frauen davon wissen.»

«Und Piet?», meint Sam.

«Piet – ja ... Schau, der Plan ist ganz einfach. Wir wissen ja nicht, wie viel die Steine wirklich wert sind. Dazu müssen zuerst alle einzeln angesehen werden. John soll mit dem Syndikat verhandeln. Vielleicht machen die uns ja einen Pauschalpreis. Eine Milliarde wäre ja schon genial. Oder vielleicht doch anderthalb? Die Hälfte sollten wir schon bekommen ... Anyways, warten wir es ab. John und Jace treffen diesen Arik Soundso vom Syndikat und dann sehen wir weiter. Sobald wir wissen, woran wir sind, weihen wir die anderen ein und sagen, wie es läuft. Die rufen sonst noch ihre Freundinnen an und plappern alles in die Welt hinaus.»

Sam schüttelt lachend den Kopf. Chuck, dieser Chauvinist! Was ihm in seinem Leben wohl widerfahren ist und ihn so denken lässt. Aber street smart ist er schon. Er hat ein gutes Gefühl für Gefahren. Anstatt sich zu ducken, weiß er seine Karten richtig zu spielen und kann eiskalt bluffen.

«Na gut, warten wir es ab. Morgen sagst du? Dann wissen wir ja bald genauer Bescheid. Aber den Mädels beichtest du das oder Jace. Und auch Piet. Ich habe mit dem Ding nichts am Hut», meint Sam.

Chuck steht auf, drückt die Bierdose flach und legt seinen Arm um Sams Schulter. «Dann fahr uns mal in deine noch bescheidene Hütte, Sam.»

Fünfzehn Minuten später sitzen alle zusammen auf der Terrasse von Sams Haus. Emma hat Spaghetti Vongole gekocht – Chucks Leibgericht, zu Ehren seiner Ankunft. Marie und Emma bombardieren ihn mit Fragen: Wie es ihm ergangen sei, wie viele Menschen er am Flughafen hat stranden sehen, ob er Seydür doch noch gefunden hat und wie er von Island über England hierher in die Schweiz reisen konnte. Piet beobachtet Chuck von der Seite. Er scheint etwas zu ahnen, ohne genau benennen zu können, was. Vielleicht ist es die ungewöhnlich fröhliche, offene und betont herzliche Art, die nicht so ganz zu Chuck passt. Irgendetwas ist faul, denkt Piet, aber er sagt kein Wort.

Nach einer Weile beginnen sie, ihre Flucht Revue passieren zu lassen, Chucks Höllenfahrt mit dem Land Cruiser hoch zu dem Antennenmast, den tragischen Tod von Simi und den Horror in Reykjavik.

«Lasst uns auf das Wiedersehen anstoßen und auch auf Barbu und seinen Bruder Simi, der dem ganzen Wahnsinn zum Opfer gefallen ist», sagt Sam, um das ewige Wiederkäuen dieses ganzen Traumas zu beenden. Chuck steht als Erster auf, die anderen erheben sich ebenfalls aus ihren Korbstühlen. Sie stehen da, betroffen, mit Tränen in den Augen und stoßen ihre Weingläser in der Mitte über dem Tisch aneinander.

«Auf Barbu und Simi», sagt Chuck feierlich und die anderen wiederholen im Chor: «Auf Barbu und Simi!»

In die Stille hinein ertönt das leise Piepsen eines Handys. Emma greift in ihre Hosentasche und geht ran.

«J -A C E», formt sie stumm mit den Lippen.

Sie strahlt und ihre Augen funkeln. Sie hat ihn so sehr vermisst! Hatte lange nichts gehört, keine SMS, nichts, und nun ist er ganz nah an ihrem Ohr.

Auf einmal wird Emma totenblass. Als ströme alles Blut und alle Kraft aus einer riesigen Wunde. Sie nickt stumm.

«Okay, Schatz. Bitte ruf mich an, wenn du mehr weißt. Ja, verstehe, aber bitte, bitte pass auf dich auf. Bye. I love you, too.»

Alle stehen wie erstarrt mit den Gläsern in ihren Händen um den Tisch. Chuck findet als erster seine Sprache wieder. «What?»

«John ist entführt worden», sagt Marie heiser. «Er ist von einem Treffen mit einem Mittelsmann des Syndikats nicht zurückgekommen. Jace hat einen Anruf von einem Arik bekommen. John würde nichts passieren, wenn die Anweisungen befolgt würden, sagte der Typ am Telefon zu ihm. Sie würden sich melden, wenn Jace in Zürich sei.»

Drei.

Eine lange Nacht folgt auf den Abend, ohne Schlaf und mit hitzigen Diskussionen. Nun geht es nicht mehr darum, wie sie die Welt verbessern könnten oder was sie mit dem Reichtum anstellen wollen. Johns Entführung ist das einzige, an das sie zu denken imstande sind, und wie sie vielleicht doch wenigstens einen Teil des Vermögens retten können. Chuck erntet entgeisterte Blicke mit seiner Bemerkung, es sei vielleicht makaber, aber vielleicht kämen sie durch diese Entführung am einfachsten an Bargeld. Aber sein klarer Kopf wirkt auch beruhigend auf die rotierende Stimmung der anderen.

Sam ist wie Piet der Meinung, dass die Leute des Syndikats bestimmt längst alle Beteiligten kennen. Wahrscheinlich haben die sogar Barbu in Rumänien ausgemacht und sie haben sicher keine ruhige Sekunde mehr, bis die Sache irgendwie gelöst ist. Emma und Marie rufen erbost, die Hauptsache sei, alle kämen gesund aus der Geschichte heraus, sie würden schon jetzt auf das Geld pfeifen. Tot und reich sei keine Option.

Beim Frühstück dann entsteht betretene Stille, die den ganzen Vormittag anhält. Seit einer Ewigkeit lümmeln sie nun schon in der Sitzgruppe in Sams Wohnzimmer herum.

Endlich – Emmas Handy dudelt. Sie stellt es laut.

«Ja, hallo, ihr alle. Ich bin gerade in Zürich ange-kommen. Seit einer Stunde sitze ich hier in der An-kunftshalle. Entweder wissen die nicht, wann ich an-komme oder irgendwas ist dazwischengekommen. Ich habe nichts gehört von diesem Arik», tönt Jace' gefasste Stimme aus dem Handy.

Sams Handy zwitschert und Emma legt ihre Hand auf ihres.

«Mister Frei?»

«Yes. Mit wem spreche ich?»

«Das tut nichts zur Sache. Wir melden uns, weil wir Ihnen John unversehrt zurückbringen wollen», sagt die Männerstimme in ruhigem Ton.

«Okay. Verstanden. Was sollen wir tun?», fragt Sam mit kontrolliert ruhiger Stimme. Er vermutet mit Arik zu sprechen.

«Das ist ganz einfach. Packen Sie die Steine in eine Tasche und kommen Sie nach Zürich. Wir wer-den Sie anrufen und Ihnen eine Adresse nennen. Sie sind natürlich allein. Sie geben uns die Tasche und nehmen Ihren John. Ganz einfach, nicht?»

«Ja, das habe ich verstanden.»

«Ah, Mister Frei, fast hätte ich es vergessen. Wir sind natürlich keine Unmenschen. Ihr John wird auch eine Tasche mitbringen, darin sind zehn Millionen Dollar. Quasi der Kaufpreis, wenn Sie so wollen. Voraussetzung ist, dass sie den Rest ihres Lebens mit niemandem über diese Geschichte sprechen und sich einfach mit dem Geld ein schönes Leben machen. Aber ich muss sie warnen. Wir haben unsere Augen und Ohren überall. Falls da was schiefläuft, ... na ja, Sie wissen schon. Aber wir sind Gentlemen. Wir halten uns an unser Wort und – Mister Frei, wir wollen keine Sauerei.»

Sam nickt.

«Haben Sie mich verstanden, Mister Frei?», fragt der Mann freundlich.

«Selbstverständlich. Ich werde das mit allen besprechen.»

«Entschuldigen Sie, Mister Frei, aber sie haben mich doch falsch verstanden. Sie sollen Emma, Marie, Piet und Chuck schlicht und einfach informieren, verstehen Sie? Es gibt nichts zu besprechen. Ah, und Mister Barbu werden wir alles mitteilen, was ich Ihnen gerade erklärt habe, und zwar über unsere Leute in Bukarest, wenn es ihnen recht ist.»

Sam schluckt leer. Sein Hals ist staubtrocken. Die Lage ist ernst – sehr sogar. Diese Art, auf eloquente und galante Art zu drohen, kennt er aus seiner Businesszeit in Russland. Die wirklich gefährlichen

Kerle waren nicht die, welche drohten einem den Kopf abzureißen und damit Fußball zu spielen. Es waren diejenigen, die galant zu verstehen gaben, dass sie dich und dein ganzes Umfeld genau kannten und beiläufig die Kosenamen von Frau und Kindern erwähnten, um deutlich zu machen, dass sie selbst über Intimstes im Bilde waren. Sie zeigten, dass sie die Mittel hatten, jedes Detail auszuspionieren und zu Behörden Zugang hatten, die sie für ihre Zwecke einspannten. Selbst die Mafiosi drohten nie offen. Sie gaben zu verstehen, dass es sinnvoll und gesund sein könnte zu kooperieren. Dass es nicht mehr als ein Fingerschnippen benötigen würde, um dich oder diejenigen, die du liebst, auszulöschen. Wenn du das nicht verstanden hattest, hattest du Pech; es gab keine zweite Drohung. Dann kam es schon mal vor, dass ein Geschäftsmann erfroren in seinem Auto gefunden wurde. Der Arme hatte einfach zu viel getrunken und war von der Straße abgekommen; das kann natürlich böse enden bei minus zwanzig Grad.

Sam weiß, was ihm dieser Arik mit seiner gestelzt freundlichen Art sagen will: Ich bekomme, was ich will – so oder so, und zwar auf meine Art, die mir und euch wenig Ärger bereitet, oder wenn es nicht anders geht, auf die rabiate Tour, auch wenn er das gerne vermeiden würde. Nicht weil er ein Menschenfreund ist, sondern wegen des Aufwands, die

Gewalt, welche als Konsequenz unvermeidlich sein würde, zu vertuschen. Meist mussten Sie dafür bestechen und brauchten mehr Leute, was mehr Risiko bedeutet und am Ende sogar noch teurer ist.

«Okay, ich habe nun verstanden», sagt Sam mit schwacher Stimme.

«Gut, Mister Frei. Schauen Sie, dass Sie um zwanzig Uhr in Zürich sind. Wir melden uns. Und die Steine nicht vergessen, hören Sie, Mister Frei? Das wäre fatal.»

Es klickt und das Besetztzeichen tutet. Auf dem Display ist noch die Anzeige zu lesen: „Anonymer Anruf".

Emma hat immer noch Jace in der Leitung. Alle starren auf Sam und das Handy in seiner Hand. War es ein Zufall, dass sich das Syndikat genau dann bei ihm meldet, als Emma Jace am Telefon hat? Und woher haben sie so schnell die Nummer und die Namen von allen? John musste geredet haben. Hätte er auch, denkt Sam – mit Frau und Kind zu Hause.

«Was ist los, chérie?», fragt Marie sanft. Sam ist leichenblass.

Er gibt das komplette Gespräch fast wortwörtlich wieder, das sich ihm ins Gedächtnis gebrannt zu haben schien. Auch Jace hört Sams Bericht am anderen Ende der Leitung. «Ich setz mich in den Zug», sagt er bestimmt. «In knapp zwei Stunden bin ich bei euch.»

«Okay, mach das. Wir haben rund fünf Stunden, bis ich den Zug nach Zürich nehmen muss», erwidert Sam und setzt leise hinzu: «Wenn ich denn fahre ...».

«Wie meinst du das?!», schreit Jace. Emma schaltet den Lautsprecher aus und verlässt das Zimmer Richtung Terrasse und schlendert, mit dem Handy am Ohr, die kurze Treppe hinunter den Weg ums Haus entlang.

Kurz darauf kommt sie zurück; die anderen haben sich inzwischen auf der Terrasse in den Korbsesseln verteilt. Sie blickt starr an ihnen vorbei über den See auf die gegenüberliegenden, schneebedeckten Berghänge. Ihre Lippen zittern.

«Alles okay mit Jace?», fragt Sam, tritt hinter sie und legt ihr sanft seine Hand auf die Schulter.

«Ja, er hat sich ein wenig beruhigt. Er macht sich Vorwürfe, in was er seinen Cousin da hineingezogen hat. Die beiden sind sich sehr nahe, Jace ist Pate seiner jüngsten Tochter.»

Sam nickt nur mitfühlend und streichelt ihre Schultern.

«In was für einen Horror sind wir da nur hineingeraten?», meint Emma und dreht sich um.

Marie, Chuck und Piet stehen auf und sehen Emma ebenfalls mitfühlend an. Sogar Chuck hält diesmal seine Klappe und zeigt sich betroffen.

Marie nimmt Emma in die Arme und drückt sie fest an sich. Emma beginnt zu zittern. Das Handy fällt mit einem Klacken auf die Planken der Terrasse. Sam, Chuck und Piet stehen unsicher da, wie in einem Kreis um die beiden Freundinnen herum, bis Sam sie mit seinen Armen umfasst. Emma schluchzt leise und Marie streichelt ihr übers Haar. Auch Piet legt nun seine Arme um Sams und Maries Schultern und drückt sich tröstend an Emmas Rücken. Chuck bleibt abseits und sagt nach einer Weile leise: «Die Zeit läuft...»

«Du hast recht», schnieft Emma und löst sich aus den Umarmungen. «Wir brauchen einen Plan», sagt sie und setzt sich aufs Sofa.

«Wie meinst du – einen Plan? Die Anweisungen und die Drohung sind doch glasklar», meint Marie und setzt sich neben sie.

«Emma hat schon recht. Es gibt da einiges zu bedenken», sagt Chuck.

«Nun ja, dass wir John und Jace wieder wohlbehalten hier haben wollen, steht außer Frage, aber … «, Chuck hält inne und fährt nach einer Weile fort, weil niemand den Faden aufnimmt, den er ausgelegt hat.

«Aber da gibt es noch anderes zu bedenken. Wollen wir wirklich unseren Schatz für ein Trinkgeld einfach abgeben? Wie viel wissen die überhaupt über die Steine und über uns? Wäre die Sache damit überhaupt zu Ende oder haben wir die für ewig am Hals? Und – last but not least – wollen wir wirklich das Sam alleine dahinfährt. Was passiert, wenn wir zwar keine Steine mehr haben aber auch keinen John und auch kein Geld, weil die uns bescheißen?»

«Trinkgeld nennst du das? Das ist mehr als wir alle zusammen in unserem Leben je verdienen würden», ruft Emma entrüstet aus.

«Da hast du recht Emma, aber Chuck hat nicht unrecht», meldet sich nun Sam.

«Genau – was schlägst du vor Chuck? Wie legen wir diese Schweinehunde aufs Kreuz und befreien John. Jace ist ja in Sicherheit», entgegnet Piet mit geröteten Wangen.

«Ruhig, ruhig. Wir sind uns alle einig, an erster Stelle steht die Sicherheit von John und Jace – wir wissen ja nicht was die noch alles vorhaben», hebt Sam beschwichtigend die Hände. Emma und Marie schnauben erleichtert als alle mit den Köpfen nicken.

«Chuck hat schon recht. Wenn ich alleine fahre, laufen wir Gefahr, dass man uns hinters Licht führt. Chuck sollte im Hintergrund mit den Steinen warten lassen, bis John und Jace in Sicherheit sind. Selbst wenn dann bei der Übergabe was schieflaufen sollte, haben wir unser wichtigstes Ziel erreicht», schlägt Sam vor.

«Gut, dann bin ich ja beruhigt aber die Steine und das Geld sind mir egal. Ich will einfach, dass wir alle wieder unsere Ruhe haben und anfangen können unsere Leben wiederaufzubauen. Der wahnsinnige Vulkanausbruch war schließlich schlimm genug. Wir sollten uns endlich darum kümmern, wie es mit uns allen weitergeht. Wo wir leben werden», antwortet Emma und fixiert einen nach dem anderen mit den Augen und Marie nickt zustimmend.

«Genau – und von was wir Leben werden ist dabei auch nicht unerheblich», wendet Chuck ein und lacht blökend. Dabei nickt Piet zustimmend. Die beiden Frauen, Piet und Chuck nehmen sich mit Blicken ins Visier.

«Gut – finde ich auch. Wollen wir darüber nachdenken, ob wir dem Syndikat die Steine für zehn
Millionen übergeben wollen oder eben nicht?»,
fragt Sam schließlich in die Runde.

«Wie, ob wir wollen? Das ist doch die Bedingung
damit John freikommt ihr geldgierigen Idioten»,
schreit nun Emma und schüttelt den Kopf.

«Ruhig Emma – noch mal das John und Jace wieder wohlbehalten hier mit uns sind, hat absolute
Priorität. Aber – das Syndikat weiß wahrscheinlich
gar nicht, um wie viele Steine es sich handelt. Ihr
habt zwar beide recht – zehn Millionen sind eine
gewaltige Summe für uns, aber es ist auch richtig,
dass die uns nur ein Krümelchen des wahren Wer-
tes bezahlen wollen. Auch wenn wir natürlich den
wahren Wert nicht wirklich kennen und auch keine
Ahnung haben, wie wir die Steine verkaufen sollen», gibt Sam zu bedenken.

«Genau! Wir geben denen einfach nur die Hälfte
oder noch weniger und schauen, ob wir dann Ruhe
haben», entgegnet Piet und klatscht in die Hände.

«Das ist riskant. Woher sollen wir wissen, was die
wissen?», meint Marie, während Emma immer wieder den Kopf schüttelt und die Diskussion grotesk
findet.

«Das wissen wir natürlich nicht. Aber es würde mich wundern, wenn John denen die gesamte Menge und Größe der Steine verraten hätte. Er hat ja nur ein paar Bilder. Die Tabelle mit der gesamten Anzahl und den Gewichten wird er ihnen wohl kaum ausgehändigt haben», erwidert Sam.

«Ihr mit eurer Gier!» Emma springt auf. «Gestern konnten wir uns noch nicht einmal einigen, was wir mit der Kohle anfangen sollen, haben uns schon gestritten. Jeder hat nur noch Dollarzeichen in den Augen. Nun wollt ihr auch noch mit Johns Leben spielen!»

Emma hat offenbar genug von der Diskussion und verschwindet ins Haus. Marie macht Anstalten, ihr zu folgen, doch Sam hält sie an der Schulter zurück. «Lass sie. Sie ist aufgewühlt, verständlicherweise. Wir brauchen einen genauen Plan.»

«Allright, Freunde, hier ist mein Vorschlag.» Chuck lehnt sich vor. «Wir packen die großen, alle mittleren und ein paar der kleinen Steine in eine Tasche für die Übergabe. Die meisten kleinen behalten wir, die sind leicht zu verkaufen. Wir haben dann das Geld aus dem Verkauf plus die Summe, die diese Kerle uns geben. Außerdem sind wir die einzigen, die wissen, woher die Steine stammen.»

«Aber was tun wir, wenn die die Steine prüfen, bevor sie John und das Geld rausrücken?», fragt Marie und knabbert an ihrer Lippe.

«Chuck wartet versteckt im Auto und folgt mir erst auf ein Zeichen. Wenn irgendetwas schiefläuft, kann er die restlichen Steine immer noch in einer zweiten Tasche bringen», antwortet Sam.

«Deal?», fragt Chuck in die Runde.

«Deal», antworten Sam und Marie aus einem Mund.

«Ich bin immer noch dagegen», meint Piet und lehnt sich mit verschränkten Armen in seinem Sessel zurück. «Wir sollten nicht so viele Steine aus der Hand geben.»

Marie schaut zur Tür, in der Emma wohl schon eine ganze Weile steht. Emma reibt an ihrem Arm und schaut sie mit funkelnden Augen an.

«Wisst ihr was, ihr Idioten? Ich gehe jetzt zur Polizei. Jace ist mit seinem Cousin in den Händen von Verbrechern. Ich werde sicher nicht zusehen, wie ihr geldgierigen Trolle Spielchen spielt und damit die beiden umbringt. Mir ist die ganze Kohle scheißegal. Und von dir hätte ich das nicht erwartet, Marie!», faucht sie mit Tränen in den Augen.

«Und was willst du denen erzählen, Schätzchen?», fragt Chuck. «Wenn die Bullen bei der Übergabe auftauchen und die Typen festnehmen, sind Jace und sein Cousin erst recht in Gefahr. Selbst wenn sie warten mit der Festnahme, bis Jace und John in Sicherheit sind, werden wir alle nie mehr ruhig schlafen können. Vielleicht kommen demnächst deine Eltern bei einem Unfall ums Leben oder sonst jemand aus unseren Familien. Wir hätten weder das Geld noch die Steine, da kannst du sicher sein und leben würden wir alle nicht mehr lange.» Chuck redet sich immer mehr in Rage.

«Jetzt ist aber gut!» mischt Sam sich ein.

Für Sekunden herrscht Totenstille. Die Luft vibriert. Chuck fixiert Emma wie ein sprungbereiter Tiger und Piet starrt Emma entgeistert an. Piet öffnet seinen Mund, doch bevor er etwas sagen kann, faucht Sam: «Schluss jetzt! Wir sollten nachdenken statt einander fertigzumachen!»

Wie ein Raubtierdompteur mit seiner Peitsche steht Sam da, bereit das kleinste Aufmucken im Keim zu ersticken.

Emma geht langsam auf Sam zu und legt ihre Hand auf seinen ausgebreiteten Arm. Sie schluckt und sagt ruhig: «Okay, Deal. Aber wenn ihr mir Jace und John nicht heil zurückbringt, reiße ich euch die Eier ab, da könnt ihr sicher sein.»

Piet hebt die Hände zum High five und Chuck blökt lachend: «Good Girl.»

Sam kommt mit einem großen Badetuch um die Hüften aus dem Bad und tappt zu seinem Schlafzimmer. Das eiskalte Wasser hinterlässt ein gutes Gefühl. Es löst die Anspannung und die prickelnde Haut lässt ihn sich überhaupt mal wieder richtig spüren. Die wirren Gedanken sind verflogen. Er ist froh, dass sie sich einigen konnten, obwohl der Schwelbrand der unterschiedlichen Bedürfnisse und Ansichten weiter in Gang ist und jederzeit in ein Feuer ausbrechen kann, da ist er sich sicher.

Bevor er ins Bad verschwunden war, hatte Marie ihn umarmt – herzlich und warm. Die unterschiedlichen Ideen, was mit dem Geld anzufangen wäre, und die hitzige Diskussion, hatten Fragen zwischen den beiden geschaffen, die Marie mit ihrer Umarmung beantwortet hatte.

Jetzt fühlt er sich bereit für die Übergabe. Bald wird er mit Chuck aufbrechen. Es bleibt noch ein wenig Zeit. Vielleicht sollte er sich kurz hinlegen und versuchen sich zu sammeln. Er drückt die

Klinke zur Schlafzimmertür herunter und geht hinein.

Kaum steht er im Raum, umfassen ihn von hinten zwei warme Hände. Er packt sie und wirbelt herum.

„Aua – du tust mir weh», sagt Marie leise. Sam entspannt sich. Offenbar ist sein Unterbewusstsein auf Alarmstufe Rot eingestellt.

«Entschuldige bitte, Liebes, ich ...» Weiter kommt Sam nicht, denn Marie verschließt seinen Mund mit ihren Lippen. Sie küsst ihn leidenschaftlich, fordernd und doch kommt es Sam vor, als hänge sie an seinen Lippen wie eine Ertrinkende.

«Du musst wiederkommen, hörst du?», haucht sie.

«Natürlich komme ich wieder, warum denkst du, ich...», antwortet Sam leise, doch Marie unterbricht ihn. «Du musst es mir versprechen», sagt sie eindringlich.

Er streicht ihr sanft über die weichen Haare und schaut tief in diese dunklen Augen, in denen er jedes Mal wehrlos versinken will, wenn sie ihn wie jetzt anschaut. Er nickt, Marie haucht: „Ich will es hören, sag es bitte.»

«Ich gelobe hoch und heilig, zu dir zurückzukehren, meine Prinzessin», sagt Sam und lächelt.

Sam kommt nicht dazu, noch mehr zu sagen. Marie reißt ihm das Badetuch von den Hüften und stößt ihn aufs Bett. Nackt liegt er vor ihr und schaut zu, wie sie ihr Trägerkleid über die Schultern streift und ihn keck mustert. Er folgt ihrem Blick und schaut an sich herunter. Da ist nicht viel los bei ihm. Was erwartet sie? Der Kuss war durchaus erregend gewesen, doch die Anspannung der letzten Ereignisse hinterließen ihre Spuren.

«Marie, ich muss mich bereit machen und mich anziehen», protestiert er, doch Marie sinkt vor ihm auf die Knie. «Pssst... sch... sch...», unterbricht sie ihn, wie eine Mutter, die ihr Kind beruhigen will, und gleitet küssend über seine Schenkel. Immer höher bewegt sich ihr Mund, der ihn küsst und mit kleinen Bissen liebkost. Sam spürt das Blut durch seine Lenden schießen, als Marie den Kopf hebt und ihm tief in die Augen schaut. Sie öffnet leicht ihren Mund und bewegt ihre Zungenspitze über ihre Lippen.

«Et voilà – du bist bereit. Nun kannst du dich anziehen», meint sie lachend, springt hoch und lässt sich neben ihm aufs Bett fallen.

Sam schaut sie verdutzt an. Sein Blick scheint urkomisch zu sein, Marie kichert hinter vorgehaltener Hand. Mit einem Satz setzt sich Sam auf und steigt über sie. Er kniet über ihr, packt ihre Hände, hält sie über ihrem Kopf auf dem Bett fest und presst seine Hüften gegen ihren Bauch. «Ich bin bereit, spürst du das, meine Prinzessin? Aber nicht, um mich anzuziehen.»

Marie schlingt ihre Beine um ihn, verschränkt ihre Füße an seinem Rücken und zieht ihn zu sich herunter. Sie beißt ihn ziemlich heftig in die Schulter und in den Hals. Was ist bloß in sie gefahren, fährt es Sam durch den Kopf.

«Ich will dich, chérie. Ganz und gar ...», haucht sie in sein Ohr und verscheucht die Gedanken in Sams Kopf. Auch er will sie – mit Haut und Haar. Ganz und gar. Niemals mehr will er ohne sie sein. Und plötzlich ist es da, wie aus dem Nichts und mitten in dieses Chaos, in all die Aufregungen der letzten Tage: das Gefühl, angekommen zu sein, sicher und geborgen. Wie ein warmer Schauer durchfährt es ihn. Es kommt ihm vor, als würde er eine Antwort erhalten auf die Bitte, die er still stellte an jede seiner Gefährtinnen, seit er zum ersten Mal ein Mädchen in seinen Armen hielt.

Langsam und tief dringt er in Marie ein, versinkt in ihr. Sie hält ihn fest umschlungen, gibt mit ihren Beinen den Rhythmus vor, lässt ihn sich keine zwei Zentimeter bewegen und schaut jedes Mal, wenn sie ihn mit einem kleinen Ruck an sich presst, fragend an, als suche sie auf dem Grund seiner Augen eine Antwort auf eine Frage, die sie bisher nicht wagte, ihm zu stellen.

Sam spürt die Lust durch seinen Körper pulsieren, wie sich aus den sanften Wogen hohe Brecher aufzutürmen beginnen. Die Fragen in Maries Blick scheinen Antworten zu finden. Er stöhnt leise. Marie löst ihre Beine, drückt ihn zur Seite und steigt rittlings auf ihn.

Sie will ihn beherrschen, Herrin der Lage sein. Ist es das, was sie sucht? Hat Marie Angst sich hinzugeben, die Kontrolle zu verlieren? Woher kommt diese Furcht, die manchmal in ihren Augen aufzublitzen scheint, wenn sie sich so nahe sind wie jetzt gerade?

Maries Hände liegen auf Sams Brust. Ihre Augen sind geschlossen, als lausche sie seinen Bewegungen. Er legt seine Hände an ihre Hüften und beginnt ein wenig zu kreisen, zu stoßen. Sanft und weich drückt er sich tiefer und tiefer in sie hinein. Noch scheint sie zu lauschen, abzuwarten. Ein etwas heftigerer Stoß und sie nickt, als gebe sie ihre Zustimmung, dass er ihr Liebesspiel führt. Ihre Finger pressen sich in die Haut auf seiner Brust. Als er kurz innehält, kräuselt sich ihre Stirn und ihre Nägel krallen sich noch tiefer in seine Brust. Sam umfasst ihre Hüften fest mit seinen Händen. Marie bewegt ihr Becken vor und zurück, immer schneller und ruckartiger. Sie hat wieder die Kontrolle übernommen, will steuern, beherrschen und sinkt bald darauf über Sam zusammen. Sie beißt ihn in die Halsbeuge. Schauer laufen durch Maries Körper, wohlige Nadelstiche erfüllen Sam von Kopf bis Fuß. Sie stöhnt, drückt sich tief und immer tiefer in Sam, kippt ihr Becken in langsamen Bewegungen vor und zurück. Sam hält sich nicht mehr zurück und ein Rausch erfasst seinen ganzen Körper, der ihm die Sinne raubt.

Da klopft es an der Tür. «Sam, schläfst du? Was treibst du da drin? Wir sollten uns langsam bereitmachen.» Sie hören Sams blökendes Lachen.

«Eine Minute», ruft Sam, worauf wieder ein Lacher vor der Tür folgt. Sam schaut Marie in die Augen. Ihr Blick ist voller Wärme, liebevoll, doch ihr Körper ist angespannt wie ein Bogen, kurz bevor der Pfeil von der Sehne schießt.

«Du musst los…"», haucht sie, küsst ihn und steht auf. Sie klemmt das Badetuch zwischen ihre Beine, streift sich elegant wie eine Tänzerin ihr Trägerkleid über den nackten Körper und schaut ihn auffordernd an. Noch vor drei Sekunden hat Sam ihre feuchte, weiche Haut auf sich gespürt. Jetzt flattert sie auf wie ein scheuer Vogel, der vor einer Katze in sichere Höhe auf einen Baum springt.

Sam wäre gern noch mit Marie fest in seinem Arm im Bett geblieben, hätte sie fragen wollen, was sie vom Leben „danach" erwartet, ob sie ihn wirklich als Tauchabenteurer ohne Verantwortungsgefühl einschätzt. Und am liebsten hätte er sie gefragt, ob sie seine Frau werden möchte und ihr gesagt, dass er auf alles verzichten würde, um mit ihr das Leben zu teilen. Dass die Liebe zwischen ihnen ihm glasklar zeige, was ihm wirklich wichtig sei im Leben. Doch dann hatte Chuck sie in die Wirklichkeit zurückgeholt. Der Zauber verflog, der Moment war vorüber.

Marie wirft Sam eine Kusshand zu, lächelt ihn an mit Augen, die von Liebe sprechen, geht anmutig, wie es ihre Art ist, zur Tür und verlässt das Zimmer. «Chuck?», ruft sie auf dem Gang. Einen kurzen Augenblick huscht ein Gedanke durch Sams Kopf, doch er verwirft ihn sofort wieder. Eifersucht kann er sich jetzt nun wirklich nicht auch noch gebrauchen. Er schwingt sich aus dem Bett, die Beine weich wie Gummi, und zieht sich an.

Vier.

Nachdem sie unterwegs die GPS-Daten erhalten hatten, fuhren Sam und Chuck in den Vorort von Zürich. Dort rief Sam ein Mann mit Schweizer Dialekt an, der die Übergabe durchführen sollte. Der Gorilla, wie Chuck ihn nannte, kam ohne Umschweife zum Punkt. Er drückte sich nicht so gewunden aus wie sein Auftraggeber, sondern machte Sam deutlich, dass er John vor seinen Augen erschießen würde, sollte er nicht alleine auftauchen oder ein Spielchen wagen.

Sam fröstelt ein wenig und über seinen Rücken läuft ein Kribbeln, das nicht von der Kälte kommt. Aus seinem Mund steigen Wölkchen auf, die vom Wind sofort aufgelöst werden. Um seine rechte Schulter trägt er einen Rucksack. Darin ist nur ein Pullover. Die Steine sind in einem Beutel bei Chuck, aber er will nicht ohne eine Tasche auftauchen und damit signalisieren, dass er sich nicht an die Anweisungen hält. Wenn das nur gut geht! Schließlich wird Arik keine Amateure geschickt haben. Wenn die den Bluff durchschauen, würde es ernst werden. Sam versucht sich zu entspannen. Wenn er so fahrig und angespannt zur Übergabe auftaucht, wird man ihn augenblicklich entlarven.

Es ist zwanzig Uhr fünfzehn. Die Straße ist, wie die Gebäude, nur spärlich beleuchtet und die Halle liegt komplett im Dunkeln. Hinter den Gebäuden befindet sich der Bahnhof, von wo er leise Züge einfahren hört. Der nasse Asphalt spiegelt das spärliche Licht. Es hat leicht zu nieseln begonnen. Um diese Zeit ist kein Mensch hier zu sehen. Pendler laufen offenbar um den ehemaligen, dunklen Industriekomplex einen Bogen, um in die Wohnquartiere oder Restaurants der kleinen Vorstadt zu kommen.

Sam geht ruhig auf dem nassen Asphalt auf den einzigen geparkten Wagen zu. Kein Mensch ist in der großen Limousine zu entdecken. Der Wagen steht auf dem Vorplatz einer ehemaligen Montagehalle eines Großmaschinenherstellers, die nun für Konzerte genutzt wird. Gegenüber der Halle gibt es ehemalige Fabrikgebäude, die zu Geschäften und Büros umfunktioniert wurden.

In der Innentasche seiner Regenjacke steckt sein Handy mit einer stehenden Verbindung zu Chuck, der im Jeep in der Einstellhalle schräg gegenüber wartet.

Er muss erst den Kloß in seinem Hals hinunterschlucken und seine Lippen benetzen, bevor er in die Jacke raunt: «Okay, sie sind da. Ich gehe hin.» Sam bleibt stehen. Lange gedehnte Wölkchen strömen aus seinem Mund. Wieder versucht er den Atem zu kontrollieren. Sein Puls schlägt hart und schnell an seinen Hals. Es fühlt sich an wie als Junge, wenn er auf dem Zehnmeterbrett stand und nach unten schaute. Nicht zu lange nach unten schauen, hatten ihm die anderen vor seinem ersten Sprung geraten, sonst ist es vorbei und du kannst es nicht mehr. Und auch nicht darüber nachdenken, ob du nicht einfach wieder die Leiter herunterklettern könntest. Auch dann wirst du nie springen. Je länger du wartest, umso schwieriger wird es. Tief in den Bauch atmen und springen. Damals hatte Sam sich einen Trick zugelegt, mit dem er sich überlisten konnte. Er ging langsam auf die Kante zu und sagte sich, ich tu nur so – ich stoppe kurz vor dem Sprung. Dann war er einfach weiter gegangen und gesprungen. Noch in der Luft hatte er seine empörten Gedanken gehört als hätte ihn jemand einfach gestoßen, um ihm so den Sprung zu ermöglichen.

«Ich tu nur so. Ich geh jetzt einfach weiter», hört Sam sich in Gedanken sagen und tatsächlich taucht das bekannte Grinsen auf, das ihn schon immer begleitete bei Überforderung. Das Ziehen in seinem

Bauch lässt nach und die Luft findet den Weg tief in seine Lungen. Er ist bereit und geht weiter.

Chuck liegt hinter dem Eingang zu der Einstellhalle mit einem lichtstarken Fernglas vor den Augen und beobachtet ihn. Sie waren von der anderen Seite in die Halle gefahren und Sam war von dort aus zuerst wieder zum Bahnhof gelaufen, bevor er in die Industriestraße zu der Halle gelaufen war.

Auf der Fahrt nach Zürich hatten sie den Ablauf durchgesprochen, hatten versucht alle Eventualitäten zu bedenken. Sie waren sich bewusst, dass sie nicht alle möglichen Szenarien abdecken konnten; zu vieles konnte passieren: John wird übergeben, aber das Geld nicht; der Gorilla merkt, dass nicht alle Steine da sind, John ist gar nicht am Ort und, und, und.

Auf der Fahrt hatte Sam sich so oft bei Chuck versichert, dass dieser sich an den Plan halten würde, bis er ihm schließlich entnervt sagte: «You are the Boss, okay?»

Sam ist sich trotzdem nicht sicher.

Chuck hatte seinen Militärdienst bei einer Eliteeinheit absolviert, war in Nahkampf ausgebildet und hatte, als seine Einheit für einen Botschaftsschutz aufgeboten worden war, bei einem Einsatz mit einem Präzisionsgewehr einen Angreifer ausgeschaltet. Das hatte er ihm schon in einer der vielen Wartepausen auf Schnorcheltouren erzählt. Sam war beeindruckt gewesen. Nicht davon, dass Chuck einen Menschen erschossen hatte, sondern wie dieser damit umging. Offenbar war es für Chuck einfach ein Job gewesen und er hatte damit Schlimmeres verhindern können. Darüber hatte er weder einen Anflug von Stolz gezeigt noch hatte Sam den Eindruck, dass es Chuck auf irgendeine Weise belastete. Er erzählte es einfach, um sich die Zeit zu vertreiben. Zumindest sollte es diesen Anschein haben. Doch Sam dachte oft darüber nach, warum er es ihm erzählt hatte, was für eine Mensch Chuck war und wie er selbst mit so einer Situation umgegangen wäre.

Sam war als junger Mann Ambulanzfahrer gewesen. Noch heute reagiert sein Körper, als sei es gestern gewesen, wenn Bilder von schlimmen Unfällen, von zerquetschten Körpern in ihm auftauchen. Sein Puls steigt an und seine Glieder versteifen sich. Wie musste es erst sein, einen Menschen im Zielfernrohr ins Fadenkreuz zu nehmen, den Rückschlag des Projektils an der Schulter zu spüren, um dann in der

Optik zu sehen, wie ein Teil des Schädels wegflog und der Körper wie ein nasser Sack zu Boden fiel?

Was macht das mit einem Menschen? Wie wäre er damit umgegangen? Wäre er danach noch derselbe? Vielleicht stellen sich diese Fragen für andere gar nicht, was nicht heißt, dass Chuck einen Killerinstinkt hat. Es macht Sam unsicher, ob er sich heute auf Chuck verlassen kann, ob er nicht einen Plan B hat, von dem er nichts weiß. Er hat Chuck eingeschärft, nichts Eigenmächtiges zu unternehmen; er würde ihm Anweisung geben. Deshalb trägt er das Handy in der Jackentasche, mit einer stehenden Verbindung zu Chucks Handy.

Das Handy in Sams Tasche bleibt stumm. Gut so! So ist es ausgemacht, denn eine Antwort hätte sie sofort verraten.

Sam ist nun noch zwanzig Meter vom Wagen entfernt und bleibt stehen. Er hebt beide Hände und winkt mit der rechten. Das Abblendlicht taucht ihn und den Platz vor der Halle in gleißendes Licht. Kurz ist er geblendet, doch dann sieht er, wie sich die Fahrertür öffnet und ein Mann aussteigt.

«Herr Frei?»

«Ja.»

«Kommen Sie bitte näher und legen Sie den Rucksack mit den Steinen auf die Kühlerhaube. Lassen Sie mich dabei immer ihre Hände sehen.»

Sam geht auf den Wagen zu. Der Mann steht hinter der Tür. Er kann nicht erkennen, ob er bewaffnet ist oder ob noch andere im Wagen sind. Sam stellt den Rucksack auf die Haube. Er muss ihn ein wenig drücken, damit er stehen bleibt. Der Pullover ist schlicht zu leicht und der Rucksack droht von der Haube zu fallen. Sam drückt ihn fest mit einer Hand auf die Haube und wagt kaum loszulassen.

«Wo ist John?», fragt Sam mit belegter Stimme.

Die Beifahrertür öffnet sich und Sam sieht John, den er von Emmas Handyfotos kennt. Trotzdem fragt er: «John! Are you okay?»

«John geht es gut – so wie seiner Familie und Jace auch», antwortet der Gorilla.

«Wo ist Jace?», fragt Sam unbeirrt weiter. Sie hatten unterwegs versucht, ihn zu erreichen, aber sein Handy schien ausgeschaltet.

«Jace ist im Zug nach Interlaken. Wir haben ihn dorthin begleitet. Allerdings steckt sein Handy in Johns Tasche. Sie kriegen also alles wieder.»

Das ist gar nicht gut! Sams Herz beginnt noch mehr zu rasen. Er kann nicht kontrollieren, ob das stimmt. Die Sache ist nicht unter Kontrolle.

«Okay und wo ist das Geld?», fragt er. Seine Stimme flackert.

«Sie geben mir die Tasche mit den Steinen und wir prüfen, ob alles seine Richtigkeit hat. Dann werden wir Ihnen das Geld geben.»

«So war das nicht ausgemacht!», erwidert Sam. Er fühlt sich, als stünde er neben sich die Szene als Unbeteiligter betrachtend.

«Stimmt, aber Sie verstehen, dass wir uns absichern müssen. John, you stay there.» Mit diesen Worten geht der Mann zur Haube. Sam kann ihn nun besser erkennen. Er ist tatsächlich wie ein Gorilla. Pechschwarz angezogen mit einem Brustkasten wie ein Wandschrank. Mit seiner linken Pranke packt er den Rucksack und fingert einhändig den Reißverschluss auf; die rechte bleibt in seiner Manteltasche. Er blickt kurz in den Rucksack und fasst hinein. Dann richtet er sich auf und schaut zu John hinüber.

«Das sieht aber gar nicht gut aus – für Sie», sagt er leise.

Einfacher Job, alles Amateure, doch nicht zu unterschätzen, das hatte Arik ihm zu dem Auftrag gesagt. Trotzdem hatte er beschlossen, keine Partner mitzunehmen und die Fünfzehntausend alleine zu kassieren. Eigentlich hatte Arik vorgeschlagen, zwei als Scharfschützen zu postieren und er sollte die Übergabe durchführen – für den Fall, dass diese Taucherheinis auf dumme Ideen kommen. Vor allem diesen Sam, den er von den Fotos zu erkennen glaubt, soll er im Auge behalten. Der Mann sei klug und nicht zu unterschätzen, hatte Arik ihm eingeschärft. Aber schließlich ist er der Profi für solche Aufträge und für die Planung zuständig. Es ist ja auch nicht das erste Mal, dass er so etwas macht und noch nie war etwas schiefgegangen. Wenn er die beiden Scharfschützen einsparen kann, würde das Geld reichen, um seine Spielschulden zu begleichen. Oder er könnte den ganzen Betrag setzen und noch einen Gewinn einstreichen. Schließlich hatte er zurzeit eine Glückssträhne, das spürte er gestern Abend ganz genau. Er hatte zweimal hintereinander im Roulette die richtige Zahl gesetzt und gewonnen. Zu dumm, dass er nicht nach einem Vorschuss gefragt hatte. Dann hätte er mehr als den läppischen Tausender setzen können und seine Schulden wären Vergangenheit. Nur den Job abwickeln und dann – die Glückssträhne nutzen. Wenn es gut läuft, würde er, wie dieser Typ letzte Woche, mit einer Million aus dem Casino spazieren und endlich ein wenig reich sein. Dazu gehören. Wie sein Auftraggeber sich nicht mehr die Hände schmutzig machen müssen. Das hatte er sich noch auf dem Weg hierher ausgemalt. Leichtes Geld.

Wenn er gewusst hätte, um wie viel es bei dem Auftrag geht, wie viel die Steine, die er abholen soll, wert sind, dann wäre er vielleicht selber auf dumme Gedanken gekommen. Doch Arik war klug genug, ihm das nicht zu sagen, auch wenn er wusste, dass er ihn nicht hinters Licht führen würde. Seine Gefolgsleute kennen die Konsequenzen und die Macht des Syndikats nur zu gut. Trotzdem – führe niemanden in Versuchung, lautet Ariks Motto, auch wenn er sich selber nicht bewusst war, um welche Summe es wirklich ging. Klar war nur, dass es sicher mehr als zehn Millionen sein würden. Somit waren er und das Syndikat finanziell auf der sicheren Seite. Der wahre Grund jedoch für die Dringlichkeit, diese Steine in den Händen des Syndikats zu wissen, war, dass es keinesfalls zu Schwankungen auf dem Markt kommen darf, falls diese unerfahrenen Typen plötzlich die Steine alle auf einmal einem Händler verkaufen sollten.

So hatte er den Ort für die Übergabe gut gewählt – dunkel, menschenleer und trotzdem fast mitten in der Stadt. Eine Umgebung, die er wie seine Westentasche kennt und sich hier schon als Teenager mit seiner Gang herumgetrieben hat, um von Mitschülern Schutzgelder zu erpressen. Leichtes Geld – wie damals. Easy – er muss nur seine Muskeln spielen lassen und schon machen sich alle in die Hosen.

Nun scheint der Job doch nicht so einfach zu sein. Er spürt wie er sich anspannt und sich sein Puls beschleunigt. Sein Instinkt macht sich für einen Kampf bereit. Verdammt – sein Bauchgefühl sagt ihm, dass er Ärger bekommen wird. Arik hatte ihm eingeschärft, dass es um viel ging und dass er keine Verletzten oder gar Leichen akzeptieren würde. Die Sache soll diskret und sicher über die Bühne gehen. Deshalb hatte Arik wohl drei Leute haben wollen.

Er atmet tief ein und schluckt angestrengt.

«Wo sind die Steine?», fragt er heiser, doch ruhig, fast freundlich und zieht dazu seine Hand aus der Manteltasche. Der silberne Revolver glänzt, obwohl es fast dunkel ist, und die Mündung zeigt auf John.

«Ohhh – langsam, langsam», keucht Sam. «Chuck, bring die Steine», spricht er in Richtung seines Handys in der Jackentasche.

Der Gorilla hebt erstaunt und fragend die Augenbrauen. Sam dreht sich zum Gebäude auf der anderen Straßenseite. Nur wenige Sekunden dauert es, da taucht Chuck aus der Einfahrt auf.

Er trägt den Rucksack in der Hand und kommt langsam auf den Wagen zu, wo Sam und dieser Riesenaffe stehen.

«Letzte Chance. Kommen Sie her und zeigen Sie mir die Steine», raunt der Mann.

Chuck packt halb noch im Gehen ungerührt die transparenten Plastiktütchen mit den Steinen aus, um sie auf der Motorhaube, nach Größe der Steine sortiert, zu platzieren. Sam oder John würdigt er keines Blickes. Auch den Gorilla schaut er nicht an, selbst dann nicht, als dieser sich ganz nah zu ihm stellt. Er hat noch immer den Revolver in der Hand, überblickt die Auslage und scheint kurz zu überlegen. «Okay, einpacken und den Rucksack auf die Haube stellen», befiehlt er.

Die Nerven aller sind zum Zerreißen angespannt. Die Luft glüht, in der Dunkelheit ertönt von Ferne ein Katzenschrei. Wahrscheinlich streiten sie sich um irgendeinen Leckerbissen, den sie in einer Mülltonne gefunden haben.

Chuck beginnt unerträglich langsam, die Plastiktütchen wieder in den Rucksack zu packen. Dabei geht er um die Haube herum, zwei Schritte auf den Gorilla zu.

«Bleib, wo du bist!», fährt ihn der Mann an und richtet seinen Revolver auf ihn. Chuck ignoriert die harschen Worte und packt weiter in aller Seelenruhe die Steine ein. Ein Schuss peitscht. Ein Querschläger rast schwirrend in Richtung Halle. Der Affenmensch hatte neben Chucks Fuß in den Boden geschossen.

Während Sam und John sich erschrocken ducken, steht Chuck ungerührt da, schaut auf den Boden und über den Revolver vor seinem Gesicht hinweg direkt in die Augen seines Gegenübers.

Aus dem gegenüberliegenden Gebäude streicht der Lichtstrahl einer Taschenlampe über den Platz. Der Gorilla schaut kurz zu dem Fenster hoch, aus dem das Licht kommt. Ist da tatsächlich ein Wachmann des Sicherheitsdienstes? Er kann es nicht erkennen.

Von einer Sekunde auf die andere legt sich in Chuck ein Schalter um. Mit der linken Hand packt er den Revolver und drückt ihn von sich weg, schräg nach oben. Seine rechte schnellt vor wie eine Peitsche. Die gestreckten Finger rammen in die Kehle des Gorillas, packen den Nacken und ziehen den Kopf mit einem Ruck nach vorne. Von unten schnellt sein Knie hoch. Ein Knirschen ist zu hören im Gesicht des Ganoven – sein Kiefer, seine Nase brechen. Der Mann sackt auf die Knie. Chuck schlägt die Hand des Gorillas an die Kante der Motorhaube. Der Revolver poltert auf den Boden, es löst sich kein Schuss. Chuck packt den Kopf seines „Opfers" mit beiden Händen und dreht ihn mit einem heftigen Ruck zur Seite. Es knackt und der Mann fällt zu Boden wie ein leerer Sack.

Sam hält die Luft an, steht wie festgefroren da. Chuck reißt die Autotür auf und geht um den Wagen herum, um den Kofferraum zu öffnen.

«Hier ist nichts. Kein Geld. Let's move – weg hier!», ruft er John zu, der mit dem Kopf in den Händen am Boden kauert. Sam steht immer noch entgeistert da, starrt Chuck an.

«Fuck!», entfährt es John, der aus dem Wagen gesprungen ist und genauso fassungslos dasteht wie Sam und mit aufgerissenen Augen und offenem Mund den toten Mann am Boden anstarrt. Sam sieht den dunklen Fleck, der sich im Schoß des Mannes ausbreitet. Er scheint tatsächlich tot zu sein. Chuck hat ihm das Genick gebrochen. Er erinnert sich an die Geschichte von Chuck als Scharfschützen. Sein Gefühl hatte ihn nicht getäuscht.

«Kommt schon!», ruft Chuck gedämpft und schwingt sich beide Rucksäcke über die Schultern. Niemand bewegt sich. «Wir müssen hier weg, und zwar schnell! Dem ist nicht mehr zu helfen.»

Er zieht an Sams Schulter und wie auf ein Zeichen rennen sie los in Richtung Einstellhalle. Chuck setzt sich ans Steuer des Jeeps, Sam und John werfen sich auf die Rückbank und sie brausen zur Rückseite des Gebäudes auf die Straße.

Fünf.

Chuck öffnet die Tür zu Sams Haus und tritt, ohne die Stiefel auszuziehen, ins Wohnzimmer. Hinter ihm folgt Sam mit John im Schlepptau.

Auf dem Sofa fläzen Jace und Emma, die Arme ineinander verschlungen, auf den üppigen Polstersesseln Piet und Marie. Als Jace seinen Cousin John entdeckt, springt er auf und umarmt ihn stürmisch.

Emma steht langsam auf und schaut Chuck und Sam an. Ist das Freude, dass alle wohlbehalten wieder da sind, oder Wut, die ihre Augen funkeln lässt? Sam ist sich nicht sicher.

Natürlich hatten sie von unterwegs angerufen und dabei erfahren, dass Jace inzwischen angekommen war. Arik und seine Leute hatten ihn in den Intercity nach Interlaken gesetzt. Sam hatte Emma nur erzählt, dass John wohlbehalten bei Ihnen sei, aber nicht alles nach Plan verlaufen sei.

John klaubt Jace' Handy aus seiner Tasche und gibt es ihm zurück. Er überragt Jace um einen Kopf und ist auch mindestens doppelt so breit. Jace nickt dankend und zieht in am Arm zum Sofa, um sich neben Emma zu setzen.

«Was ist passiert? Ihr seht ziemlich mitgenommen aus. Es ist doch alles gut gegangen und nun ist der Horror vorbei», meint Emma fröhlich. Niemand antwortet und John verbirgt sein Gesicht in den Händen.

«Ja, alles gut gegangen», antwortet Chuck mit belegter Stimme, diesmal ohne sein übliches Grinsen oder einen seiner blökenden Lacher.

Marie geht auf Sam zu, umarmt ihn und küsst ihn sanft auf den Mund. Sie blickt auf und sieht in seinen Augen, dass etwas passiert sein muss.

Sam löst sich aus ihrer Umarmung. «Setzt euch erstmal alle hin, dann können wir in Ruhe erzählen.»

«Wollen wir zuerst den Schampus öffnen? Ich hab vier Flaschen kaltgestellt. Das müssen wir doch feiern», fragt Piet.

«Später gern», antwortet Sam.

Marie sieht Sam neugierig an. Ihr Blick wechselt zu Chuck und zu John, der immer noch mit den Händen vor dem Gesicht auf dem Sofa sitzt. Es scheint tatsächlich etwas schiefgelaufen zu sein.

«Kein Geld?», fragt sie.

«Nein, kein Geld. Aber wir haben immer noch alle Steine – und natürlich John und Jace, das ist uns das Wichtigste», antwortet Sam.

«Und warum schaut ihr dann drein, als sei jemand gestorben?», fragt Emma.

«Weil jemand gestorben ist», antwortet Chuck ruhig und fährt fort, die Plastiktütchen aus den beiden Rucksäcken auf den Salontisch zu stellen.

Emma wird kreidebleich und keucht: «Wer? Was ist passiert?!»

«Die Übergabe hat nicht so geklappt, wie wir es geplant hatten. Der Gorilla, den uns das Syndikat geschickt hat, hatte kein Geld dabei. Er hatte den Auftrag, die Steine zuerst zu prüfen, bevor er uns das Geld gibt», berichtet Chuck.

«Und dabei ist er gestorben? Hatte er einen Herzinfarkt, als er dein Gesicht sah?», meint Piet. Für seine Witze scheinen sich die anderen jedoch nicht zu interessieren.

«Nicht ganz. Der Typ hat plötzlich mit seinem Revolver auf John gezielt, als Chuck die Tütchen auspackte», erzählt Sam.

Er will nicht, dass Chuck darüber spricht, als hätte er sich im Supermarkt ein Steak zurechtschneiden lassen. Unterwegs hatte er sich die Situation immer wieder vor Augen geführt, während Chuck stumm den Jeep gesteuert hatte und John mit geschlossenen Augen neben ihm saß. Hätte er selber anders gehandelt? Sollten er und John nicht dankbar sein? Es hätte auch gut sein können, dass der Typ sowieso einen von ihnen oder alle einfach exekutiert hätte. Oder hatte Chuck mit seinem Verhalten die Situation provoziert? War es vielleicht von Anfang an sein Plan gewesen? Hatte er, als er begriff, dass der Gorilla allein war, einfach eiskalt seinen Plan umgesetzt? Sam war zu keinem Schluss gekommen und hatte entschieden, Chuck als Retter zu sehen, vor allem gegenüber den anderen. Sie haben genug Schwierigkeiten am Hals. Ein Streit würde die Sache nur verkomplizieren. Die Sache ist mit Johns Befreiung nicht zu Ende, so viel ist klar. Ganz im Gegenteil, da ist Sam sich sicher.

«Der Typ war zu allem entschlossen und hat direkt vor Chucks Füßen in den Boden geschossen. Da musste Chuck reagieren und ihn überwältigt. Danke, mein Freund», sagt Sam, an Chuck gewandt und umarmt ihn.

«Wie? Und dabei ist der Typ gestorben?», fragt Piet.

«Na ja, Chuck musste ja sicher sein, den Typen definitiv außer Gefecht zu setzen. Bei den Schlägen ist wohl sein Genick gebrochen», erklärt Sam und versucht so glaubwürdig wie möglich zu wirken. Er will es so darzustellen, als sei der Genickbruch ein Versehen gewesen, ein Zufall.

Stille.

Emma und Marie schauen sich an. «Du willst uns sagen, dass wir John, Jace und die Steine haben, aber leider ist der Typ vom Syndikat draufgegangen? Seid ihr eigentlich noch bei Trost? Warum habt ihr dem die Steine nicht einfach gegeben? Geld hin oder her! Wisst ihr Irren eigentlich, was das heißt?!», Emma ist außer sich. Sie läuft rot an, ihre Augen sprühen Funken.

«Jetzt krieg dich wieder ein», meint Chuck genervt. «Wir wollten ihm die Steine ja geben. Ich war gerade dabei, die Tütchen auszupacken. Hast du schon mal einen Revolver direkt vor der Nase gehabt, Schätzchen? Wer sagt, dass der Typ uns nicht einfach abgeknallt hätte, wenn er gehabt hätte, was er wollte, hmm?»

«Chuck hat recht» Sam beugt sich vor. «Es war ja keine Absicht. Wer rechnet schon damit, dass bei so ein Kasten von Mann das Genick bricht wie eine Stange Salzgebäck? Und vermutlich werden wir wohl von den Leuten hören; noch haben sie nicht, was sie wollen. Außerdem waren sie es, die sich nicht an die Abmachung gehalten haben. Die hatten kein Geld dabei.»

«Wahnsinn! Du hast dem Typen mit bloßen Händen das Genick gebrochen?», fragt Piet fasziniert. Offenbar hat er schon vorgefeiert und sich einige Gläschen genehmigt.. Entweder realisiert er nicht, in was für einer Gefahr sie schweben, oder es ist ihm schlicht egal.

«Warum habt ihr denen nicht einfach die Steine gegeben? Die Leute, die mich in Zürich in den Zug gesetzt haben, schienen ganz vernünftig und gar nicht an Ärger interessiert», fragt Jace seinen Cousin. Er hatte die ganze Zeit dagesessen und Sam und Chuck beobachtet.

«Ja, wie war das denn, als der Revolver auf dich gerichtet war?», fährt Chuck dazwischen und lässt einen seiner Lacher folgen. Er scheint seine ungewohnte Ruhe abgelegt zu haben und funkelt John an.

«Es war, wie Chuck erzählt hat. Ich hatte eine Scheißangst und bin froh, dass wir da heil herausgekommen sind», antwortet John und heftet seinen Blick an die Wohnzimmerwand.

«Merde! Was machen wir jetzt?», stößt Marie hervor.

«Was ich mache, ist klar. Ich verschwinde von hier und das solltet ihr auch tun. Ich nehme mir, neben einer kleinen «Notration», ein paar kleine und einen der großen. Den Rest überlasse ich euch. Macht damit, was ihr wollt. Ihr könnt sie gerne verschenken. Einverstanden?», fragt Chuck nonchalant in die Runde.

Sie schauen ihn an, geschockt, wie locker er mit alle dem umgeht. Schließlich hat er gerade einen Menschen getötet, aber das hinterlässt bei ihm offenbar kaum ein Schulterzucken. Die Sache scheint für ihn völlig klar zu sein.

«Was weiß dein Kontakt eigentlich über die Steine?», fragt Sam John, ohne auf Chucks Vorschlag einzugehen.

John erzählt, wie er über einen seiner Händlerkontakte an Arik gelangt war. Sein Kontakt hatte ihm von dem Diamantensyndikat erzählt. Dass die spezialisiert seien im diskreten Handel und mit solchen Steinen niemals einfach zu einem Juwelier oder einem Händler hätten gehen können, um sie zu verkaufen. Dafür sind die Steine zu außergewöhnlich. Er sei schließlich Spezialist. John hatte nur die Mustersteine gezeigt und von insgesamt ein paar tausend Karat gesprochen. Was die Steine wert sein könnten und die genaue Anzahl und Größe, waren bei seinem Gespräch mit Arik nicht wichtig, hatte er gefunden. Arik jedoch war begeistert gewesen von den Steinen und wollte mehr wissen: Woher sie stammten, wie viele es waren, ob die

Reinheit bei allen etwa gleich sei. John hatte erklärt, dass er das auch nicht genau wüsste und er seine Auftraggeber sicher kennenlernen würde, wenn er ihnen helfen würde. Arik hatte sich daraufhin verabschiedet und versprochen, sich zu melden. Er müsse zuerst ein paar Abklärungen machen, hatte er gesagt, aber er würde sich in zwei Tagen melden und man würde ganz sicher ins Geschäft kommen.

Das hatte John gefallen und ihn gleichzeitig mit dieser Mischung aus Angst und Spannung erfüllt, die ihn so anzieht. Als er seine Schulzeit abgeschlossen hatte und Goldschmied werden wollte, hatte das seine Schulkameraden zu Hohn und Spott animiert. Die letzten Schuljahre war er schon das Ziel bösartiger Hänseleien gewesen. Er, der pummelige, etwas schüchterne Junge, dem die Hosen der Schuluniform immer ein wenig über den Hintern rutschte. In einer Zeichenstunde hatte ihm einer der braungebrannten und sportlichen Jungs, auf welche die Mädchen so sehr standen, einen kleinen Knallfrosch in die Spalte seines Hinterns gesteckt und angezündet. Es gab nur einen kleinen dumpfen Knall als würde eine Schachtel mit Zeichenmaterial auf den Boden fallen, doch John vollführte einen Tanz als verfolgten ihn tausend

Dämonen. Er rannte, mit der Hand in der Hose nach der Glut suchend, aus dem Zimmer. Der Lehrer hatte ihm zuerst völlig perplex zugesehen und sei dann wie die ganze Klasse in schallendes Gelächter ausgebrochen. John hörte es noch weit den Gang hinunter, wo er Richtung Toiletten lief mit heruntergelassenen Hosen, in die Hände spuckend, um die Wunde zu kühlen. Von dem Tag an hatte er versucht nicht aufzufallen, sich im Hintergrund zu halten, was nur leidlich funktionierte. Zunehmend wurde er auch zum Ziel spöttischer Kommentare der Mädchen und als bekannt wurde, dass er Goldschmied werden wollte, war er völlig unten durch. Er war die pummelige Tunte, die sich mit Kunst beschäftigen will.

In seiner Ausbildung zum Goldschmied hatte er schnell begriffen, dass er mit diesem Beruf kaum reich werden konnte. Als er Nancy kennengelernt hatte, beschloss er, dass es Zeit war, etwas zu unternehmen. Schließlich konnte er sich kaum vorstellen, dass er mit einem „Weißwandreifen", wie seine Schulkameraden seinen Bauch in der Duschkabine nach dem Sportunterricht zu nennen pflegten, kaum Erfolg bei so einem hübschen und intelligenten Mädchen haben konnte. Doch er hatte bei den Juwelieren, die an der Berufsschule unterrichteten, gesehen, dass sich auch ein rundlicher Mann mit Mondgesicht – wie sein Chef – eine attraktive Frau angeln konnte. Dazu musste man nur wohlhabend sein.

Er belegte das Fach Gemmologie – die Wissenschaft der Steine. Er lernte, wie er den Wert eines Steins beurteilen und aufgrund der Struktur bestimmen kann, aus welcher Mine er stammt. Darin wurde er bald ein Meister. Vor allem bei Diamanten wurde er rasch zum Geheimtipp verschiedener Händler.

Seine Beurteilungen waren präzise und akkurat. Seine Buchhalteraufmachung, seine ganze Erscheinung und Zurückhaltung, gepaart mit einer hohen, leisen Stimme, waren hier von Vorteil. Sie verliehen ihm den Expertenstatus.

Nach seinem Abschluss arbeitete er für einen großen Diamantenhändler und wurde oft in dubiose Geschäfte involviert von Leuten, die ihr Schwarzgeld in Diamanten anlegten oder ihr Vermögen vor dem Fiskus verbergen wollten. Mächtige Menschen, die sich die Diskretion etwas kosten ließen und ihm und seinem Chef vertrauten.

Neben dem Geld, das John verdiente und das es ihm ermöglichte, Nancy eine sorgenfreie und bequeme Zukunft zu bieten, hatte er noch etwas anderes in sich gespürt. Er war wichtig geworden, angesehen und respektiert. Zusätzlich verschafften ihm diese diskreten Treffen mit den reichen Leuten einen Kick. Es war erregend als würde er sich mit einer leichten Dame seiner Lust hingeben, seine Nancy betrügen – verboten zwar, er musste es geheimhalten und doch war es kein schweres Verbrechen. Diese Spannung war erregender als die Lust selbst und John wurde süchtig danach.

So war es auch kein Wunder, dass er zugesagt hatte, als sein Cousin Jace anrief und ihm diese irre Geschichte erzählte. Er hatte gespürt, dass dies vielleicht eine Nummer zu groß werden könnte, doch genau das hatte ihn angezogen wie eine Motte das Licht. Seine flauen Bedenken waren nach dem ersten Treffen verflogen. Es würde sein wie immer – viele Bedenken, Verhandlungstaktik und am Schluss würde man zu einem guten Deal kommen. Und zu was für einen! An so einem großen Coup war er noch nie beteiligt gewesen und er war sich sicher, dass Jace sich bei der Provision nicht würde lumpen lassen.

Am Abend nach dem Treffen, als John zu Hause mit dem braunen Cocker Spaniel eine Runde um den Block machen wollte, traf er Arik bereits wieder. Eine große, schwarze Mercedes-Limousine war knirschend herangerollt, als Beky, die Spanieldame, gerade ihr Geschäft an einem Laternenpfahl erledigte. Die hintere Tür wurde geöffnet, Arik lehnte sich heraus und bat John einzusteigen. Als er sich weigerte, stieg Arik aus und schlug vor, ein paar Schritte zu gehen. Dabei erklärte er ihm unverblümt, dass es besser wäre, wenn er zu ihm in den Wagen steigen würde. Er wolle doch schließlich nicht, dass seinen Kindern auf dem Schulweg etwas zustößt oder seine Frau beim Einkaufen einen Unfall hat.

John starrte Arik wie versteinert an, kaum fähig sich zu bewegen. Natürlich hatten ihm dubiose Kunden schon mal diskret zu verstehen gegeben, dass es möglicherweise gefährlich für ihn sein könnte, wenn er die ganze Geschichte nicht sofort nach dem Treffen wieder vergessen würde, aber eine so direkte Drohung hatte er bisher noch nie erlebt. Dabei erschreckte ihn diese aufgesetzte Freundlichkeit am meisten. Er war unfähig, etwas zu sagen, stand nur schluckend da und zitterte leicht.

Sein Gehirn arbeitete fieberhaft an einem Ausweg, fand jedoch keinen, der nicht nur ihn selbst aus der Situation retten würde, sondern auch Nancy und die Kinder. Der Gedanke, dass seiner Frau und seinen beiden Töchtern etwas zustoßen könnte! Dieser Typ in seinem perfekt sitzenden Anorak, den schwarzen Lederhandschuhen und dieser Art, sich mit seinem auffälligen Akzent auszudrücken, erfüllte John mit zunehmend lähmendem Grauen. Wahrscheinlich konnte er seine Leute mit einem Fingerschnippen zum Zuschlagen bewegen. Es war nicht die Angst um sein Leben, sondern um das, was ihn ausmacht. Selbst ungeschoren davon zu kommen, aber seine drei Liebsten zu verlieren, fühlte sich so abgrundtief beängstigend an, wie er es noch nie erlebt hatte. Seine Gedanken waren nur noch ein schmaler Tunnel. Sein Denken kannte nur ein Ziel: Sie müssen in Sicherheit sein. Er spürte, wie sich sein Darm zusammenzog, hatte das Gefühl, dass er sich im nächsten Moment in die Hosen machen würde. Er hatte einmal gelesen, dass sich selbst die tapfersten Soldaten unter Beschuss in die Hosen machen, wenn gleich neben ihnen eine sirrende Kugel den Helm eines Kumpanen durchschlägt und das Gehirn wie bei einem Ei, das mit Druckluft ausgeblasen wird, hinten durch das Austrittsloch spritzt. Dann gibt es nur noch die drei Grundmuster: Angriff, Flucht oder sich totstellen.

Sein Instinkt hatte sich für die dritte Möglichkeit entschieden und so stand John mit leicht schlotternden Knien da, unfähig sich zu bewegen. Und tatsächlich spürte er eine gewisse Wärme im Schritt.

Arik hatte John lange gemustert, während dieser wie versteinert vor ihm stand. Er wollte seine Worte wirken lassen, spürte, dass John im Schock war. Er legte freundschaftlich den Arm um ihn und meinte, es sei doch alles halb so wild. Er solle einfach mitmachen und die Sache wäre geritzt. Alle würden sich gesund des Lebens freuen und er sich keinen Nachteil haben, während er Daumen und Zeigefinger aneinander rieb und leise lachte.

So brachte er den Hund zurück, verschwand kurz ins Bad und legte die feuchten Unterhosen in den Wäschekorb. Er wusch sich sein Gesicht mit eiskaltem Wasser, um seine Gedanken zu beruhigen. In der Diele stand war er plötzlich Nancy gegenüber. Sie war zum Glück schon im Schlafanzug und hundemüde. Sie hatte sich zwar gewundert, wo er um diese Zeit noch so dringend hin musste, aber es kam öfter vor bei seinem Job.

Bei den Übergriffen seiner Klassenkameraden hatte er gelernt, dass ihn nur eines vor weiteren fiesen Taten schützen konnte: Keine Angst zu zeigen, auch wenn ihm das Herz bis zum Hals schlug. Das konnte er immer noch perfekt und ihr erklärt, dass es um eine dringende Schätzung gehe, eine Transaktion, die noch in dieser Nacht über die Bühne müsse. Mühsam zwar, aber mit der Provision könnten sie sicher endlich den Urlaub auf den Malediven planen. Sie solle nicht auf ihn warten, es könnte spät werden. Er gab ihr einen Kuss auf die gerunzelte Stirn und ging aus der Tür.

Er ging mit zitternden Knien die schmale Einfahrt des Reihenhäuschens zurück zum Wagen und sie fuhren nach Zürich. Er wurde gut behandelt, fast zuvorkommend, trotzdem hätten seine Knie nie aufgehört zu zittern, denn Arik ließ keinen Zweifel daran, dass er es immer noch ernst meinte – todernst.

«Mein Gott – Nancy!», ruft John und schlägt sich an die Stirn. Er hat sie immer noch nicht angerufen. Sie muss sich riesige Sorgen machen, hatte vielleicht schon die Polizei verständigt. Schlagartig wird ihm klar, wie sie wohl auf ihn gewartet hat und nicht wusste, was passiert war. Die gesamte Nacht über war er noch nie einfach fortgeblieben. John schnappt sich Jace Handy und stürmt aus dem Wohnzimmer.

«Gut – wir wissen nun, dass Arik und seine Leute wenig über die Anzahl und die Qualität der Steine wissen. Das sind doch gute News», meint Piet.

«Schon richtig aber wir wissen auch, dass es damit nicht vorbei ist, im Gegenteil», sagt Sam.

«Was meinst du damit? Werden die nun auf unsere Familien losgehen oder hier mit einer Armee von ihren Gorillas auftauchen?», fragt Marie.

Da summt das Handy in Sams Tasche. Unbekannte Nummer.

«Samuel Frei...», meldet er sich. Die anderen schauen ihn erwartungsvoll an.

«Okay. Wenn Sie einverstanden sind, schalte ich Sie auf Lautsprecher. Wir sind alle versammelt und entscheiden gemeinsam», antwortet er dem Anrufer und legt sein Handy auf das Clubtischchen.

«Ja, Mister Frei, das wissen wir. Da ist ja einiges schiefgelaufen. Ich muss mich wohl für unseren Mitarbeiter entschuldigen. Offenbar ist nicht sehr geschickt vorgegangen – zu seinem Nachteil, muss man wohl sagen. Ich nehme an, Sie sind alle wohlauf?» Emma und Marie schütteln entsetzt den Kopf. Der Typ sprach über seinen Mitarbeiter wie über einen Gegenstand, der kaputtgegangen ist.

«Ich nehme an, Sie sind Arik?», fragt ihn Sam.

«Genau, aber das tut nichts zur Sache, Mister Frei. Ich möchte eine Lösung finden, um Ihnen und Ihren Freunden weitere Unannehmlichkeiten zu ersparen. Wenn Sie erlauben, erkläre ich Ihnen zuerst die Zusammenhänge», säuselt Arik in seiner blasierten Art, dabei bedrohlich wirkend, wie immer. Bei dem Wort „Unannehmlichkeiten" fühlt Sam etwas wie kalten Stahl im Nacken. Bisher kannte Sam diesen Mann nur vom Telefon. Er kann sich kein Bild von ihm machen. Er erinnert ihn an den Paten aus diesem Mafia Film. Ruhig und kontrolliert, freundlich und doch keinen Zweifel an seinem Ziel aufkommen lassend, gepaart mit einer unterschwelligen Aggressivität. Von John wusste er nur, dass Arik schon lange in den USA lebt, mittleren Alters ist, mit angegrautem, etwas schütterem Haar. Dass er offenbar wohlhabend ist und scheinbar die Mittel hat, alles zu kontrollieren was er möchte. Fast alles jedenfalls – die Übergabe hatte er vergeigt, hatte nur einen Mann geschickt. Das hätte er selbst klüger angegangen. Kurz überlegt Sam, ob er dem Mann Paroli bieten und ihn ebenso blasiert bitten soll, dahin zu gehen, wo der Pfeffer wächst. Doch dann erinnert er sich an Johns Erzählung von seiner Entführung, von der Drohung gegen seine Familie. Er beschließt abzuwarten, was Arik vorschlägt.

«Schießen Sie los», fordert Sam ihn auf.

«Gut. Verzeihen Sie, wenn ich etwas ausholen muss. Es ist wichtig, dass Sie die Zusammenhänge verstehen und Ihnen klar wird, was Sie da aus Island mitgebracht haben. Die Steine kommen doch aus Island, richtig?»

«Was tut das jetzt zur Sache!», schreit Emma. Sam schüttelt energisch den Kopf und macht eine Handbewegung, um sie zu beruhigen.

«Ich verstehe sehr, dass Sie aufgebracht sind, Emma, aber das nutzt uns nichts, um die Situation zu klären», antwortet Arik sanft, aber bestimmt.

«Wenn Sie erlauben, fahre ich fort. Das Problem ist die Größe und die Qualität Ihres Schatzes, den wir Ihnen natürlich gönnen, aber wir können nicht zulassen, dass die Steine unkontrolliert auf den Markt geraten. Ein massiver Preiszerfall wäre die Folge. Wir und unsere Kunden würden ein Vermögen verlieren und das wäre erst der Anfang. Wenn erst bekannt wird, woher die Steine stammen, wird ein Goldrausch ausbrechen. Es werden eventuell noch mehr Steine gefunden und ein Diamant hätte plötzlich den Wert eines Swarovskysteins. Ich hoffe Sie können mir folgen und verstehen, dass es Kreise gibt, die alles tun werden, um einen Preiszerfall zu verhindern – neben unserer Wenigkeit, die wir seit Jahrzehnten mit unserer Organisation genau das tun: den Wert von Diamanten hochhalten, indem wir sie, nun ja, nennen wir es: künstlich verknappen. Und wenn ich alles sage, meine ich alles – ohne Rücksicht. Können Sie das verstehen? Verstehen Sie, dass ich Ihnen helfen will, auch wenn wir natürlich ein Eigeninteresse haben. Aber sie können froh sein, wissen zurzeit nur wir und sie von dem Fund.»

Emma gruselt es immer noch, dass dieser Arik und seine Leute offenbar alles über sie wissen. Dass sie sicher bereits den Wohnort Ihrer Familien kennen und wo die Eltern einkaufen.

«Sicher, wir verstehen. Wie lautet Ihr Vorschlag?», antwortet Sam betont ruhig und blickt jedem in die Runde. Marie und Emma rollen die Augen, Piet nickt, Chuck zeigt den Mittelfinger und John steht an der Tür und schüttelt den Kopf.

«Fein, dann sind wir uns ja einig. Der Vorschlag bleibt der gleiche. Sie übergeben uns die Steine gegen zehn Millionen US-Dollar in bar und Sie sind raus aus der Sache. Ich und meine Organisation werden die Steine ganz kontrolliert über Jahre und in kleinen Stücken auf den Markt bringen. Natürlich werden wir dabei einen Gewinn machen, aber der ist nur fair für unsere Aufwendungen und die Zeit, die wir dazu benötigen.»

«Und wer garantiert mir, dass der nächste Gorilla nicht wieder versucht, uns reinzulegen?»

«Ich werde Sie persönlich treffen, Mister Frei, und – wir sind uns doch einig, dass uns bei dieser

Angelegenheit die Polizei ebenso wenig helfen würde wie weitere Gewalt?»

«Sicher», sagt Sam mit belegter Stimme. «Was schlagen Sie vor?»

«Wir treffen uns morgen um neun gegenüber dem Backpacker-Hotel am Bahnhof Ost in Interlaken. Ich werde sie dort in meinem Wagen erwarten. Einverstanden?»

«Okay.»

«Und Mister Frei – ich werde alleine kommen. Das heißt aber nicht, dass ich nicht gesichert bin. Ich bringe das Geld und Sie die Steine –alle bitte. Wir würden es sowieso sofort bemerken, wenn später weitere Steine auf dem Markt auftauchen. Wenn Sie alle sich daran halten, wird es unser letztes Treffen sein. Mit dem Geld können Sie ein neues Leben beginnen. Dass Sie dabei vielleicht ein wenig vorsichtig sein sollten, muss ich Ihnen wohl nicht erzählen, richtig?»

Sie schauen sich fragend an. Sam nickt jedem einzeln fragend zu. Sie alle nicken.

«Wir sind einverstanden», antwortet Sam.

«Fein! Dann bis morgen. Genießen Sie den Champagner.» Tuut – tuut – tuut.

«Woher weiß dieses Schwein, dass wir Champagner kaltgestellt haben!», schreit Piet, während Sam sein Handy auf das Clubtischchen legt.

«Haha haha – nur ein Bluff!», lacht Chuck. Die anderen lachen nicht. Sie schauen sich an, blicken sich um. Werden Sie beobachtet, jetzt, in diesem Moment? Gibt es Wanzen in diesem Haus. Big brother is watching you – so fühlen sie sich und es läuft ihnen kalt den Rücken hinunter.

Wild reden sie durcheinander, während Sam versucht, sich die Situation nochmals vor Augen zu führen.

Sie haben knapp einen Vulkanausbruch überlebt, waren einer Tsunami-Gerö.lllawine entkommen, hatten Diamanten gefunden und sind damit verdammt reich geworden, auch wenn von Anfang an unklar war, wie sie die Steine zu Geld machen können. Eigentlich sind die Steine wie Aktien. Der Wert ist nur auf dem Papier vorhanden. Solange sie nur diese Kohlenstoffklumpen haben, bleibt alles beim Alten. Dann haben sie über John versucht, die Dinger zu Geld zu machen, was in dieser unsäglichen Situation und einem Toten endete. Sie haben zwar ein Vermögen aus Island mitgebracht, aber waren damit gleich in den nächsten Tsunami geraten: Reichtum! Die ganzen Diskussionen, was damit anzustellen ist, welche Gefahren lauern, welche Chancen sich auftun. Sie sind alle heillos überfordert mit der ganzen Situation. Die Steine haben Gier, Neid und Ängste geschürt und alle inklusive ihrer Familien und Freunde in Gefahr gebracht. In was für eine Scheiße sind sie da nur geraten?

Sam steht auf der Terrasse und bläst blaue Wolken von seiner Zigarillo in den Nachthimmel. Es ist weit nach Mitternacht, die Lichter auf der anderen Seeseite glitzern und spiegeln sich auf dem See. Drinnen ist es ruhig geworden. John ist bald zu Bett gegangen. Er wird morgen mit dem ersten Zug nach Zürich fahren und versuchen, am Flughafen ein Ticket nach London zu bekommen. Nancy war in helle Panik geraten, als er am Morgen immer noch nicht auftauchte. Die Polizei suchte ihn. John hatte versucht, alles zu erklären mit dem Resultat, dass die Polizei und wohl auch Nancy glaubten, er sei mit einer Affäre in die Schweiz durchgebrannt. Vielleicht würden ihm die fünf kleinen Steine, die die anderen ihm geben werden, helfen, zumindest Nancy glaubhaft zu machen, dass keine Frau hinter seinem Verschwinden steht. Jace und Emma verschwanden bald ohne Gute Nacht zu sagen, in ihrem Zimmer. Verständlich, denkt Sam. Schließlich wurde John, jemand aus Jace' Familie, mit in das Schlamassel gezogen. Das machte bei allen ein Schuldgefühl.

Sie telefonieren mit Barbu telefoniert. Es geht ihm gut. Wenigstens das! Morgen werden sie zehn Millionen erhalten für einen Teil der Steine. Sie sind sich einig, dass sie dem Syndikat auf keinen Fall alle Steine aushändigen wollen. Einen Teil der mittelgroßen und der kleinen Steine wollen sie gegen das Geld tauschen. So billig, wie von diesen Geldsäcken geplant, würden sie sich nicht abspeisen lassen! Was mit den restlichen Steinen geschehen soll, ist noch nicht klar. Sicher ist nur, dass sie versteckt werden sollen – lange versteckt werden sollen.

Sam zieht sich in sei Zimmer zurück, um nachzudenken. Warum nur ist Chuck plötzlich mit einem großen Stein zufrieden? Warum will er nicht einmal seinen Anteil am Geld? Natürlich ist einer der großen ein Vielfaches von seinem Anteil wert, aber wie will er ihn jemals zu Geld machen? Okay, er denkt vielleicht langfristig. In zehn Jahren würde er damit reich sein, aber das passt eigentlich nicht zu Chuck. Er ist eher der Typ «I want it all and I want it now!». Warum in alles in der Welt verhält er sich so?

Schlamassel – das beschreibt die Situation nicht annähernd, grübelt Sam. Da hört er leises Gemurmel hört im Haus. Er geht hinüber zum Wohnzimmer, das hell erleuchtet ist. Piet sitzt auf dem Sofa, mit den Beinen auf dem Clubtisch und trinkt direkt aus einer Champagnerflasche.

Sam geht zum Rand der Terrasse, von wo aus er, wenn er sich über das Geländer lehnt, direkt auf den Platz vor dem Eingang des Hauses sieht. Da stehen Chuck und Marie. Es scheint, die beiden haben etwas zu besprechen. Sam drückt den Zigarillo am Geländer aus und steckt den Stummel in seine Hosentasche. Was geht hier vor?

Maries linke Hand liegt auf Chucks Schulter, mit der rechten fährt sie sanft über sein Gesicht. Sam spürt, wie Hitze tief aus seinem Bauch aufsteigt und ihm der Atem stockt.

«... doch gut gelaufen... Sam und die anderen machen ja mit ...» hört er Chucks Stimmen und ein paar Wortfetzen.

«... froh, dass dir nichts passiert ist ...», erhascht er von Marie.

Chuck scheint etwas gesehen zu haben, vielleicht Sams Schatten von der Terrassenbeleuchtung auf den Wellen. Sam sieht, wie Chuck einen Schritt von Marie weg macht und in seine Richtung späht. Geschmeidig wie eine Katze weicht Sam zurück, geht zur Mitte der Terrasse und steckt sich eine neue Zigarillo an.

Eine Minute später hört er hinter sich leise Schritte.

«So nachdenklich, chérie?», hört er Marie hinter sich. Sie legt ihre Arme von hinten um ihn und drückt sich an ihn.

«Es ist viel passiert in den letzten Stunden ...», raunt er und hofft, Marie spürt nicht, wie sein Herz hämmert. Er kann nicht einordnen, was er gerade gesehen hat. Was heißt das – mitmachen? Bei was? Oder sieht er einfach Gespenster?

Sam dreht sich um und küsst Marie auf den Mund. Ihre Lippen sind weich, sie schmiegt sich an ihn. Ist die Vertrautheit mit Chuck einfach nur freundschaftlich?

Marie löst sich aus der Umarmung, nimmt seine Hand und zieht ihn mit einem Nicken in Richtung Haus.

«Ich komm gleich, geh schon vor, meine Süße», sagt er und lächelt sie herzlich an.

«Mach nicht zu lange, chérie, sonst schlaf ich schon», sagt sie neckisch und geht mit anmutigen Schritten ins Haus.

Sams Lächeln verschwindet auf einen Schlag. Er muss sich die Situation noch einmal vor Augen führen. Sein „Managerbauch" meldet sich. Wie war das, wenn dir jemand ein X für ein U vormachen will? Hatte sich das eben nicht genauso angefühlt? Einerseits so bestechend klar und gerade deshalb zu glatt, so glatt, wie sich gerade eben noch Maries Haut angefühlt hat. Aber das hier ist doch keine Managementsituation. Hier will dir niemand etwas vormachen, so etwas würde Marie niemals tun! Dafür kennt er sie doch zu gut. Aber war er nicht gerade in seinen Beziehungen immer wieder hereingefallen, hatte sich später von Freunden oder Kollegen fragen lassen müssen, ob er denn nichts gemerkt hätte, während es für alle andere so offensichtlich war, dass er sich von einer Frau hatte an der Nase herumführen lassen? War nicht gerade sein Wunschdenken – das ist die Frau deines Lebens – so schwer zu überlisten und hatte ihn im Gegensatz zu seinem Managerbauch immer wieder in ein Desaster geleitet?

Okay, gehen wir es noch einmal durch, denkt Sam.

Chuck und Marie waren sehr vertraut miteinander gewesen da unten in der Auffahrt. Marie hatte sich um Chuck gesorgt, hatte seine Wange gestreichelt, doch sie hatte ihn nicht geküsst oder umarmt.

Marie war zu allen, die sich mochte, sehr liebevoll und auch körperlich auf anschmiegsam. Soweit so gut und noch kein Grund, eifersüchtig zu sein. Doch warum haben die zwei im Verborgenen miteinander gesprochen? Und was hat Chuck mit „Mitmachen" gemeint? Bei was? Hat er sich mit Marie abgesprochen, um später den Wert des großen Steins zu teilen?

Sam findet keine beruhigende Erklärung und trotzdem sind die Fakten kein Beweis oder etwas, womit er Marie oder Chuck konfrontieren könnte. Sie würden, wenn sie etwas zu verbergen haben, höchstens empört auf seine Frage reagieren oder ihn auslachen, Chuck zumindest. Und Marie ist vielleicht tief gekränkt, dass er ihr nicht vertraut. Es würde auf jeden Fall eine schlechte Stimmung geben oder sogar Streit. Die Wahrheit würde er so niemals erfahren. Er muss abwarten, genau hinsehen und hinhören, um bei der richtigen Gelegenheit eine Konfrontation zu wagen, wenn er sicher ist, dass hier ein Spiel läuft. Das ist das Beste, beschließt Sam und macht sich auf ins Haus.

Du hast doch nur Angst, deine Marie zu verlieren, deshalb weichst du aus, hört er seinen „Managerbauch" reklamieren. Er geht zur Bar und versucht, diese Stimme da in ihm mit einem Cognac zum Schweigen zu bringen, bevor er zu Marie unter die Decke schlüpft.

Sechs.

Sam sitzt auf dem Korbstuhl auf der Terrasse und trinkt vorsichtig seinen heißen Kaffee. Es ist noch früh, wohl kaum sechs Uhr. Er hat nicht gut geschlafen, ist unruhig neben Marie gelegen, hat sich Hin und Her gewälzt und in die Dunkelheit gestarrt. Als der Morgen graute, ist er aus dem Bett geschlichen und nackt über die kleine Leiter in den See gestiegen. Das Wasser hatte keine zehn Grad und ihn wie eine riesige Faust umfasst, die Luft aus seinen Lungen gepresst. Er hielt sich an der Leiter fest, bis zum Hals im Wasser, und wartete, bis sich sein Zwerchfell entkrampfte und er stoßweise ein wenig Luft in seine Lungen atmen konnte. Nach ein paar Minuten im eiskalten Wasser verschwanden die kreisenden Fragen aus seinem Kopf und mit einem Ruck schwang er sich an der Leiter zurück auf die Terrasse.

Ein paar Möven ziehen kreischend über den See und der Dunst steigt vom Wasser langsam die gegenüberliegenden Berghänge hoch. Noch bleiben die Nebelfetzen auf halber Höhe stehen. Sam spürt den sachten Wind in seinem Rücken. Die Wärme der Sonne lässt bereits die Brise über den Gipfeln aufsteigen. Der Sog zieht die Luft über den See nach oben. Bald lösen sich die Nebel auf und die Sicht wird klar.

«Du bist ja früh auf. Und alles gepackt hast du auch schon», brummt Piet an der Terrassentür. Er sieht verkatert aus. Sam blickt auf den Rucksack neben sich und nickt.

Piet verschwindet aus der Tür und kommt nach ein zwei Minuten mit einer dampfenden Tasse Kaffee zurück.

«Wie viel hast du für dieses Schlitzohr denn nun eingepackt?», fragt er und lässt sich ächzend in einen der Korbstühle fallen.

«Wie abgemacht. Jeweils etwa die Hälfte der mittleren und der kleinen Steine.»

«Bleibt einer der großen für Chuck und einer für uns.»

Sam nickt und hält seinen Blick weiter an den Berghang geheftet.

«Chuck ist schon ein spezieller Typ. Deshalb hat es bisher auch keine lange mit ihm ausgehalten. Auch Marie nicht.»

Sam dreht sich um und blickt Piet direkt in die Augen.

«Oh – hat Sie es dir nicht erzählt? Shit! Aber jetzt weißt du's.»

«Die beiden waren zusammen?» Sams Stimme bricht ein wenig.

«Ja, verdammt. Ich hätte wohl besser meine Klappe gehalten», brummt Piet beschämt und nippt an seiner Tasse.

«Too late.»

«Okay, okay, ich verstehe schon, dass dich das erstaunt. Es ist aber schon gut drei Monate her. Als Marie bei uns anfing, war sie sofort auf Chucks Liste. Er hatte sie umgarnt und auch tatsächlich erobert. Nur ging es nicht sehr lange gut.»

Sam antwortet nicht.

«Wie auch immer, eines Abends sitzt Sie verheult in der Küche. Ich kochte ihr einen Tee und setzte mich zu ihr. Da erzählte sie mir, dass Chuck ein gestörter Typ sei. Er könne keine Gefühle zeigen und sie durfte ihn nicht anschauen, wenn sie es zusammen trieben. Na ja, das findet wohl kein Mädchen so richtig lustig. Chuck braucht eine Sklavin. Vielleicht hatte er die mit Seydür gefunden.»

Sam schaut Piet immer noch stumm und fragend an.

«Das ist alles, Sam, mehr weiß ich nicht. Aber hey, Kumpel – ist ja alles gut. Marie scheint ganz glücklich mit dir zu sein.»

«Und woraus schließt du das?», fragt Sam? Piet schüttelt nur schmunzelnd den Kopf. Es scheint, mehr gibt es nicht zu erzählen oder er will nicht. Einen Moment denkt Sam darüber nach, ob er Piet erzählen soll, was er gestern gehört hat, doch er verwirft den Gedanken wieder. Piet würde es als Eifersucht abtun und „das Mitmachen" auf ihren Entschluss, was sie Arik geben würden, beziehen. Aber wieso ist es ein Mitmachen? Der Vorschlag war schließlich von Emma gekommen, als sie gerätselt hatten, was zu tun sei, und nicht von Chuck. Wieso hat er dann gemeint, Sam und die anderen machen ja mit?

«Was wirst du mit dem Geld machen? In ein paar Stunden werden wir ja alle ziemlich wohlhabend sein», reißt ihn Piet aus seinen Gedanken. Sam hebt die Schultern. Klar hatte er darüber nachgedacht, aber außer sich ein bequemes Leben einzurichten, bisher noch nichts gefunden, was ihn reizt, weder ein Projekt noch ein Ziel, etwas, wofür es ich lohnen würde, das Geld einzusetzen. Er erwähnt, dass er eine Tauchbasis mit Marie besprochen hätte, sie aber nicht wirklich begeistert gewesen sei. Vielleicht sei es doch das Beste, das meiste für etwas Sinnvolles zu verwenden und sich einfach zur Ruhe zu setzen.

Piet lacht kopfschüttelnd und hievt sich aus dem Stuhl. Sam schüttelt leicht den Kopf, als ihm Piet seine Tasse zeigt und ihn fragend anblickt.

Piet schlurft zum Haus zurück. Unbegreiflich, denkt er.

Er selbst weiß sehr wohl, was er tun wird. Es wird alles anders werden. Er wird alles korrigieren. Seiner Mutter wird er eine kleine Wohnung an den Grachten von Leiden kaufen, seiner Heimatstadt in Holland. Nichts Großes, aber in einem netten Quartier, wo die Leute anders waren als in der Sozialgettosiedlung wo er aufgewachsen war. Dann wird sie vielleicht wieder einen Job finden und beginnen, ein normales Leben zu haben. Sie hätte es vielleicht auch so geschafft, wenn sie ihn nicht gehabt hätte. Sie hatte ihm oft erzählt, dass sie studieren wollte, eine Professorin an der Uni werden wollte und er hatte irgendwann begriffen, wieso sie das nie getan hatte: Seinetwegen, weil sie ein Kind hatte und ihn nicht in der Krippe lassen wollte. Deshalb war es ihm auch so wichtig gewesen, so rasch wie möglich auszuziehen. Nicht nur wegen den unsäglichen Typen, die sie ständig anschleppte, nein, auch weil er ihr nicht mehr zur Last fallen wollte, nicht mehr die Bremse in ihrem Leben sein, damit sie wieder studieren konnte. Das hatte nicht geklappt. Sie hat nichts aus ihrer Freiheit gemacht und er – er hatte es nicht geschafft sein Studium nach dem Gymnasium zu finanzieren, obwohl er jedes Wochenende im Supermarkt jobbte. Es reichte einfach nicht, und weil er oft in den Vorlesungen einnickte, war es auch absehbar, dass er von der Uni flog. Logistiker war ein Scheißjob, aber als Tauchlehrer kam er auch nicht auf einen grünen Zweig, auch wenn ihm die Arbeit Spaß machte, seine Schüler ihn motivierten, vor allem die, welche Angst hatten und aufgeben wollten. Da konnte er Psychologie anwenden, ihnen Raum geben, sich ihren Urängsten zu stellen. Die meisten konnte er bis zur Taucherlizenz führen und das machte ihn stolz.

Nun würde er vielleicht wieder zu studieren anfangen, seinen Abschluss nachholen und dann vielleicht eine Praxis in Rotterdam haben, vielleicht sogar einmal eine eigene Familie – etwas was er als Tauchlehrer sich nie hätte träumen lassen. Aber vielleicht würde er auch einfach eine eigene Basis aufbauen. Das Tauchen war ihm sehr wichtig geworden. Wie auch immer, dafür würde das Geld reichen. Mehr wollte er nicht. Es würde genug sein. Genug, um ein glückliches Leben zu führen.

Die restlichen Diamanten sind ihm egal. Obwohl – wenn es daraus auch einmal Geld geben würde, könnte er damit schon noch einiges anstellen.

Vielleicht sollte er größer denken, größer als ein Kind einer Sozialhilfeempfängerin. Wenn John recht hatte mit seiner Schätzung, dann war mit dem, was übrigblieb und sie verstecken würden, mindestens das Zehnfache drin. Das sind dann doch andere Dimensionen! Damit könnte er vielleicht auch noch anderen helfen, ihrem Leben eine neue Richtung zu geben. Er könnte die Unzähligen, die studieren möchten, es sich aber nicht leisten können, unterstützen, etwas bewegen auf diesem Planeten. Und wer weiß, vielleicht würde er es sogar zu einem Denkmal auf dem Rathausplatz in Leiden schaffen. Piet – der Held der Stadt. Ja, er musste größer denken, genug konnte noch mehr werden. Dafür würde er sorgen.

«Take care – wir sehen uns», meint Chuck mit einem Grinsen im Gesicht und winkt mit beiden Händen in die Runde.

John ist auch dabei, sich zu verabschieden. Sam war vor einer viertel Stunde zu dem Treffen mit Arik gegangen. Er hatte sich schon von ihm verabschiedet und Jace will die beiden zum Westbahnhof bringen, wo sie den Zug um 9.30 Uhr erwischen wollen, um zum Flughafen zu kommen.

Emma und Marie schauen Chuck entgeistert an. «Willst du nicht warten, bis Sam zurück ist?», fragt ihn Marie erstaunt.

«Ich habe meinen Stein und die fünf Kleinen, wie abgemacht. Und jetzt mach ich mich aus dem Staub. Ich werde John begleiten und vielleicht kriegen wir ja sogar einen Flug, um aus Disneyland zu verschwinden. Es ist mir zu ordentlich hier, zu herausgeputzt. Ich muss nach England, in die Heimat», antwortet Chuck, gibt einen seiner Lacher zum Besten und klopft John auf die Schulter.

«Na dann, wenn du nichts von dem Geld willst. Du scheinst es ja sehr eilig zu haben», meint Jace und schaut Chuck fragend an.

«Ich bin ein Zocker. Wenn ich den Stein verkaufen kann, hab ich mehr als das zwanzigfache von euren mickrigen zehn Millionen. Da bin ich euch doch für den Deal dankbar.»

«Wenn...», brummelt John und Emma wirft ein: «Genau, wenn...! Und wenn wir Pech haben, ziehst du die nächste Schar von Geiern an, die dann hinter uns her sind. Ich find das keine gute Idee.»

«Schätzchen, ich werde niemandem was von dir oder euch erzählen. Vertrau mir», blökt Chuck.

«Dir vertrauen – guter Witz. Aber komm her, lass dich drücken.» Marie geht auf ihn zu und umarmt ihn innig.

«Sam ist sicher bald zurück», meint Piet. Marie löst sich von Chuck.

«Große Abschiede liegen mir nicht, also lasst uns endlich aufbrechen», erwidert Chuck und legt demonstrativ seinen Arm um John, um ihn zur Tür zu ziehen.

Chuck sieht gelangweilt zu, wie sich die Prozedur mit Umarmungen und guten Wünschen aufs Neue wiederholt. Jetzt geht das wieder los, diese Gefühlsduselei!

Anderthalb Millionen! Wie kleine Kinder vor dem Weihnachtsbaum, froh, dass es etwas zur Bescherung gibt. Auf sowas hätte er sich nie eingelassen. Er hätte sich niemals so über den Tisch ziehen lassen, sich einschüchtern lassen von diesem Arik und seinem Syndikat. Er wird jemanden finden, der ihm ein Vermögen für seinen Stein bezahlt. Kurz hatte er überlegt, ob er nicht einfach den ganzen Rucksack nehmen und damit verschwinden sollte. Ohne ihn hätten sie die Steine gar nie gehabt. Wer hatte sie denn lebend aus dem Þingvellir Park gebracht? Wer hatte dem Gorilla den Rucksack wieder abgenommen, als der sie hereinlegen wollte? Aber gut – es gab ja noch den Rest, der versteckt wird, den konnte er sich ja immer noch holen.

Was war das nur für eine Truppe von Weicheiern! Keinen Tag hätten sie damals in der Ausbildung seiner Eliteeinheit überlebt. Dazu wäre es gar nicht gekommen. Sein Ausbilder hatte ihn damals, als er bei der Nachtübung vor Erschöpfung auf die Knie gesunken war und kotzen musste, angeschrien und gefragt, was er eigentlich denke, warum er hier sei? Dass er sich wohl ihn ihm getäuscht hätte. Das sie ganz gezielt Underdog Kids rekrutierten, diejenigen, welche nicht saufend oder an der Nadel hängend langsam im Morast versanken, sondern jene, bei denen er ein Glitzern in den Augen sah, wenn er sie ans Limit brachte. Diejenigen, in den heruntergekommenen Quartieren von Manchester auf der Straße überlebten. Diejenigen, die sich aus dem Sumpf ziehen wollten, auch wenn er ihnen mit den Stiefeln auf die Finger trat, wenn sie sich an der Mauerkante festkrallten. Die, welche nicht nur überleben, sondern nach oben wollten. Damals war er aufgestanden, hatte den Geschmack aus seinem Mund gespuckt und beschlossen, nach oben zu kommen oder zu verrecken. Er war hart geworden, unbeugsam und wusste, was er wollte. Nach Island war er nur gekommen, weil er dort gut verdiente und sich genügend Geld sparen konnte, um eine eigene Sicherheitsfirma aufmachen zu können. Aber nun war alles anders. Er hatte nicht nur die Finger auf der Mauer, sondern beide Ellenbogen.

Er würde sich nicht abspeisen lassen, jetzt musste er nur aufstehen, sich nicht mit ein wenig begnügen, sondern ganz groß loslegen. Zuerst musste er Seydür finden, sie ist die einzige Frau, die ihn versteht. Die denkt wie er und zickt nicht rum. Er muss sie finden! Dann wird es richtig losgehen mit seinem Leben! Er ist reich und er will alles. Nur ALLES wird genügen.

Endlich kommen Jace und John. Chuck dreht sich in der Tür nochmals um und zwinkert Marie zu.

Emma, Marie und Piet setzen sich aufs Sofa, um auf Sam zu warten. Etwas ist hier faul, aber was? Chuck haut ab ohne Geld und auch John scheint nicht darauf versessen zu sein, seinen Anteil mitzunehmen. Sie hatten sich geeinigt, John Vier Hunderttausend zu überlassen. Einerseits weil es so besser aufging, wenn sie die zehn Millionen durch sechs teilten, andererseits weil sie ohne ihn noch gar nichts hätten und er für seinen Schreck was bei ihnen guthat.

John freute sich, als sie es ihm gesagt hatten, auch wenn Piet meinte, er hätte Enttäuschung in seinem Gesicht gelesen. Vielleicht hatte John erwartet, einen vollen Anteil zu bekommen. Vielleicht findet er es nicht genug für das Risiko, das er für sie eingegangen war. Aber schließlich hatte er sie alle umarmt und sich überschwänglich bedankt, allen seine feuchten, schwammigen Wangen ins Gesicht gedrückt und drei Küsschen in die Luft geschmatzt. Vielleicht hatte Piet sich das nur eingebildet. Das Geld könne er schlecht in bar mitnehmen, meinte John. Er erklärte, es gäbe Probleme am Zoll, falls er kontrolliert werden würde.

Das war das nächste Problem: Wie sollten sie das Geld zu einer Bank bringen, ohne sich verdächtig zu machen? Aber Sam meinte, dafür würde sich eine Lösung finden. Was immer er vorhat ...

Und Chuck – es scheint, ich bin der einzige, der sein Verhalten sonderbar findet, sinniert Piet. Emma ist wohl froh, den Rabauken los zu sein. Aus Jace wird keiner schlau und Marie ist offenbar die einzige, die Chuck versteht.

Sieben.

Sam geht vom Ostbahnhof in Richtung Allee, wo auf der linken Seite eine schwarze Mercedes-Limousine parkt.

Die pechschwarz getönte Scheibe der hinteren Tür fährt surrend nach unten. Sam geht auf den Wagen zu. Ein kleiner, fast schmächtiger Mann, in einem schwarzen Kaschmirmantel steigt aus, streicht die silbergrauen Strähnen aus dem Gesicht und lächelt ihn an. Über der viel zu großen Nase, die wie ein Adlerschnabel aus seinem Gesicht ragt, blitzen ihn wache, kleine, braune Augen an.

Sam ist erstaunt. Warum auch immer, aber er hatte sich Arik eher als fülligen Mann mit bedächtigen Bewegungen vorgestellt, so wie einen Paten der Mafia. Dieser Mann ist mehr als einen Kopf kleiner als er und bewegt sich hastig, etwas ungelenk, wie ein Teenager, der mit seinem schlaksigen Körper noch nicht zurechtkommt. Trotz der gelassenen Souveränität, die Arik ausstrahlen will, spürt Sam, dass hinter den wachen Augen ein Gehirn unter Strom steht, das alles analysiert, wie ein Schachspieler mehrere Züge und Varianten im Voraus plant, etwaige Reaktionen und Möglichkeiten abwägt und blitzschnell verschiedene Szenarien zur Auswahl stellt. Dabei schafft er es, ruhig wie ein buddhistischer Mönch zu wirken. Wahrscheinlich hat er eine Familie, die keine Ahnung von seinen Geschäften hat, und Freunde, die glauben, er handle mit alten Büchern über Kunst und Philosophie. Die perfekte Tarnung für einen knallharten Geschäftsmann und Repräsentanten eines mächtigen Syndikats, das mit Diamanten handelt – diese Steine, die sowohl die ewige Liebe repräsentieren wie auch schmutzige Geschäfte jenseits der Legalität und als „Blutdiamanten" die Geldquelle afrikanischer Rebellengruppen speisen.

Dieser eher unscheinbare Mann geht strategisch und emotionslos vor. Mit einem Wort: er ist gefährlich. Das wird Sam in diesen Sekunden vollends klar.

«Mister Frei – ich bin Arik. Schön, dass wir uns kennenlernen. Bitte nehmen Sie doch Platz.»

Sam nimmt den Rucksack von seiner Schulter und setzt sich wortlos in den Wagen. Durch die Trennscheibe sieht er, dass kein Fahrer hinter dem Steuer sitzt. Der Kleiderschrank etwas weiter vorne, der am Straßenrand steht, mit einem Knopf im Ohr, ist wohl der Fahrer und Bodyguard. Sam ist es recht, dass niemand dem Gespräch zwischen ihm und Arik beiwohnt. So kann er nicht einfach mit ihm davonbrausen und ihn auch noch entführen. Erst jetzt wird Sam bewusst, was für ein Risiko er auf sich nimmt, diese Leute allein zu treffen. Sicher gibt es neben dem auffälligen Typen am Straßenrand, den er ganz offensichtlich bemerken soll, auch noch welche, die im Fadenkreuz sein Muttermal an der Schläfe betrachten. Sollte was schieflaufen, würde wahrscheinlich nur ein leises Ploppen zu hören sein wie wenn man einen Gummistöpsel von einer Flasche zieht. Er würde zu Boden sinken, Arik würde seinen Fahrer herbeiwinken, um ihn in die Limousine zu hieven. Die Umstehenden würden denken, dem armen Mann sei schlecht geworden, weshalb ihm ein Taschentuch an den Kopf gedrückt wird und seine Kollegen mit ihm ins Spital brausen. Sowas kann schon mal passieren, doch jetzt ruft der Berg und ein Selfie vor der Bergkulisse. Vergessen und vorbei. Seine Leiche würde nie gefunden werden. Doch für eine Umkehr ist es jetzt zu spät.

Arik setzt sich neben Sam in den Wagen und zieht umständlich die feinen Lederhandschuhe von seinen Händen. Er streckt Sam seine Hand hin, der ihn wortlos anschaut.

«Ach, kommen Sie, Mister Frei. Ich bin es, der beleidigt sein könnte. Sie haben schließlich einen meiner Leute... Und es war gar nicht so einfach, die Sauerei unbeobachtet wieder aufzuräumen.»

«Okay. Hallo Mister ...», antwortet Sam und drückt die Hand.

«Oh, meine Freunde nennen mich Arik. Meine Geschäftspartner sind alle meine Freunde. Wenn Sie erlauben, sage ich Sam zu Ihnen?»

«Haben Sie diesmal das Geld dabei – Arik?», erwidert Sam mit einem Lächeln.

«Sehen Sie, es geht doch, Sam. Schon sind wir Freunde. Aber um Ihre Frage zu beantworten: selbstverständlich. Es ist in einem Rollkoffer im Kofferraum.»

Arik rutscht ein wenig zur Seite und drückt einen Knopf. Die Lehne zwischen Ihnen fährt nach unten und ein Koffer wird sichtbar. Es scheint, der Wagen ist speziell für diese Art von Geschäften ausgerüstet. Vielleicht gab es auch einen Knopf, um Sam in den Kofferraum neben den Rollkoffer zu befördern? Und ein Rollkoffer heißt noch kein Geld. Was, wenn Arik wieder blufft? Wenn in dem Koffer nur ein Pullover steckt, so wie er es bei der letzten Übergabe gemacht hat?

Arik rutscht etwas näher und schaut auf den Rucksack vor Sams Beinen.

Arik schaut Sam gespannt an und reibt seine Hände aneinander, wie ein Kind, das um Erlaubnis bittet, sein Weihnachtsgeschenk auszupacken.

Dann liest er die Frage in Sams Augen. «Ach, Sam – kommen Sie! Glauben sie wirklich, in dem Koffer ist kein Geld? Ein wenig Vertrauen unter Freunden wäre angebracht, finden Sie nicht?»

Sam überlegt. Selbst wenn in dem Koffer das Geld liegt, ist damit nicht gesagt, dass Arik ihn damit gehen lässt. Es ergibt also keinen Sinn, von ihm zu verlangen, erst das Geld zu zeigen. Verdammt, es wäre vielleicht doch klug gewesen, mögliche Szenarien durchzudenken und vielleicht eine Sicherheit einzubauen, zum Beispiel die Hälfte der Steine in einem Schließfach zu deponieren und nur den Schlüssel zu übergeben, wenn er das Geld hat. Nun hat er keine andere Möglichkeit, als Ariks Spiel mitzuspielen.

Sam nickt zustimmend, hebt den Rucksack hoch und stellt ihn zwischen sich und Arik.

«Wenn Sie erlauben, Sam?», fragt Arik und ohne die Antwort abzuwarten, zieht er den Reißverschluss des Hauptfaches auf.

«Wahnsinn!» meint Arik leise und pfeift durch die Zähne, als er einen Beutel der mittleren Steine aus dem Rucksack nimmt. Er zieht ein kleines Vergrößerungsglas aus der Manteltasche und steckt es auf sein linkes Auge.

Sam schaut dem kleinen Mann zu, wie er mit halb geöffnetem Mund einen der Steine gegen das Licht der Innenbeleuchtung hält und eingehend betrachtet.

Wie ein Kunstliebhaber ein Original von Picasso ansieht, legt er seinen Kopf etwas schräg, als könne er nicht glauben, dass er wirklich das Original vor sich hat. Er sieht, wie Arik die Luft anhält und einen Stein der Steine wie ein erhabenes Kunstwerk betrachtet. Andächtig scheint er völlig von dem Anblick überwältigt. Er verhält sich nicht wie ein Kunstliebhaber, nein – eher wie ein tiefgläubiger Katholik, der ein Stück von Jesu Leichentuch in den Händen hält.

Ist es die schiere Schönheit des von der Natur in Jahrmillionen unter unvorstellbarem Druck und Hitze aus purem Kohlenstoff gepressten Steins? Oder ist es schlicht sein Wert in unserer heutigen Welt, der ihn so andächtig werden lässt, überlegt Sam, während Arik immer noch nur diesen einen Stein betrachtet.

Wie auf ein unsichtbares Signal zuckt Arik fast unmerklich zusammen und schaut Sam mit seinen wachen Augen direkt an.

«Sind sie sich bewusst, dass diese Steine außerordentlich sind? Sie sind von einer atemberaubenden Klarheit. Eine Schande, dass wir die meisten in viele kleine Stücke werden aufteilen müssen. Oder vielleicht sollte ich sie einfach behalten und ab und zu aus dem Tresor holen und mich an ihnen laben. Was meinen Sie, Sam?»

Sam ist etwas irritiert. Offenbar interessiert sich dieser Arik gar nicht für die Anzahl der Steine.

«Da sind noch andere größere, wenn auch etwas kleiner. Dann natürlich auch die kleinen Steine», antwortet er. Arik betrachtet derweil ergriffen mit seinem Vergrößerungsglas einen weiteren Stein. Sam packt die Plastiktütchen aus dem Rucksack und legt sie neben sich. Arik betrachtet ihn aus seinem freien Auge und schnappt sich wie eine Krähe den Beutel mit einem weiteren der mittleren Steine. Dasselbe Prozedere. Er pfeift und betrachtet den Stein eingehend. Auf einen Ruck verschwindet das Vergrößerungsglas wieder in der Manteltasche und er schaut Sam mit glitzernden Augen an.

Was geht in seinem Kopf vor, fragt sich Sam. Arik sieht aus wie ein Junkie, der gerade ein Kilo Stoff vor sich liegen hat und es kaum erwarten kann, sich einen Schuss von der erstklassig reinen Ware zu setzen. Einer der weiß, dass er sich bis ans Ende seiner Tage in einer Rakete ins Universum schießen kann und dabei auch noch reich wird, wenn er den Rest vertickt. Diese Mischung aus fast liebevoller Andacht, dem Wahn eines Fanatikers und jetzt die eines hoffnungslos Süchtigen verwirrt Sam. Er hatte eher erwartet, dass dieser listige, schlaue Mann schlicht die Echtheit und den Wert der Steine prüft und dann entscheidet, ob er den Deal machen will. Ein Geschäft, nichts anderes. Doch da ist diese schmale Grenze zum Wahnsinn, zur Besessenheit und dann wieder die vollständige Selbstkontrolle des smarten Syndikatsmenschen.

Sam ahnt, dass es um mehr geht als um Geld. Es geht um die wahre Heilige, die Göttin, die hinter dem Reichtum steht: die Macht. Die Möglichkeit Gott zu spielen, die Welt nach den eigenen Ideen und Ideologien zu formen und Widerstand oder Andersdenkende schlicht und einfach plattzuwalzen, im Fall von Arik nicht mit Gewalt – nein, dafür ist er viel zu clever. Mit Einfluss, mit Bedacht und Intelligenz, die Masse der Menschen für die eigenen Ziele zu benutzen oder zumindest ruhig zu stellen, einzulullen, um das Steuer der Welt in den eigenen Händen zu halten. Dafür waren Menschen seit jeher zu jeder Gräueltat, zu jedem Verrat imstande. Dieser Hunger ist nicht zu stillen, er endet nie und heißt: Gier. Das war es was er in Ariks Augen und in seinem Verhalten gesehen hatte; Die

Ekstase der Macht durch Reichtum, die in seinen Augen hinter der kleinen Lupe funkelte.

Arik steckt den Stein zurück in den Beutel, legt die Täschchen fein säuberlich übereinander und seufzt leise. «Es ist ein Jammer, dass der Fundort mit Tonnen von Lava verschüttet wurde. Oder ein Glück. Wenn dort noch mehr von diesem Kaliber lagert, wäre ich ein armer Mann», kichert Arik und klopft sich vergnügt die Schenkel. Die anderen Steine scheinen ihn kaum zu interessieren. Er hält jeden Beutel kurz hoch, um ihn sofort wieder in den Rucksack zu packen.

«Wie haben sie die Steine eigentlich gefunden und wie haben Sie sie transportiert? John hat erzählt, dass Sie auf der Flucht vor einer Schlammlawine waren, mein Freund», fragt Arik ganz beiläufig.

«Wir konnten uns über eine Seitenstraße vom Talboden retten. Dort haben wir sie in einer Spalte entdeckt. Ich hätte sie nicht einmal bemerkt, doch ein Kollege hat offenbar ein Auge dafür. Wir haben sie in unsere Seitentaschen an den Anzügen gestopft, soviel Platz hatte. Wieso?»

Arik schaut Sam prüfend an. «Sie waren zu sechst, oder?»

«Ja», antwortet Sam heiser. Worauf will Arik hinaus und woher weiß er diese Details? Wahrscheinlich von John. Warum in alles in der Welt hatte Jace ihm soviel erzählt? Gut, er ist sein Cousin und nicht nur ein Gutachter, mit dem sie Geschäfte machen wollen.

Arik stapelt die Beutel auf sechs Häufchen und betrachtet sie, hebt jeden Stapel mit der Hand hoch als wolle er das Gewicht prüfen. Darum geht es also: Er will abschätzen, ob Sam wirklich alle Steine dabei hat.

Arik schaut Sam ruhig an, freundlich und doch sucht er in Sams Augen den kleinsten Hinweis von Unsicherheit. Sam nickt. Er weiß genau, dass er nun gut aufpassen muss. Wenn er den Unschuldigen spielt und so tut, als wisse er nicht, worum es Arik gerade geht, würde er nur seine Zweifel nähren. «Sechs Taschen. Übrigens hätte ich fast die Hälfte unterwegs weggeworfen. Sie waren schwer und scheuerten bei jedem Schritt. Wir sind damit wohl zwanzig Kilometer über Lavafelder gekraxelt und wussten nicht, ob wir nicht einfach weiße Kiesel als Ballast mit uns herumschleppen. So eine Tasche ist etwa so groß wie einer der Beutel. Es sind ALLE Steine, okay?» Sam schaut Arik fest in die Augen, um jeden Zweifel in ihm fortzuwischen.

«Ich habe mich erkundigt, diese Anzüge haben Taschen auf beiden Seiten...», erwidert Arik ungerührt.

«Stimmt, doch nur die Modelle von Fifth Element. Nur zwei von uns haben solche Anzüge getragen, die anderen hatten nur eine Tasche», erklärt Sam ebenso ungerührt, zieht die Augenbrauen hoch und hebt seine Handflächen nach oben. Langsam reicht ihm die Fragerei, auch wenn er weiß, dass Arik auf der richtigen Fährte ist. Er hat sich auf dem Weg hierher wie ein Mantra eingehämmert, dass es alle Steine sind, so intensiv, dass er es fast selbst glaubt. Er schüttelt entrüstet seinen Kopf und schaut Arik nun etwas erbost an. Bevor er etwas sagen kann, beschwichtigt Arik ihn mit einem Kopfnicken und nach oben gestreckten Daumen. Es scheint, Sams Rechnung ist aufgegangen und er hat die Prüfung bestanden..

«So, dann kommen wir zum Geschäft. Allerdings gibt es eine kleine Änderung.»

Sam spürt, wie sich sein Rücken versteift. Was ist das jetzt? Will der Kerl sie schon wieder hereinlegen? Sam spürt, wie aus seinem Bauch Hitze hochsteigt. Soll er diesem schleimigen Wicht einfach eine reinhauen, den Rucksack schnappen und das Ganze beende? Er ballt seine Fäuste und unterdrückt den Impuls.

«Wer sagt Ihnen eigentlich, dass ich kein Messer habe und Ihnen einfach die Kehle durchschneide? Natürlich können dann ihre Gorillas über mich herfallen, aber sie sind dann schon tot. Ich habe Ihre Spielchen satt», zischt Sam.

Arik schaut ihn einen Moment entsetzt an, bevor seine Mundwinkel zu zittern beginnen.

«Ach, kommen Sie...», prustet Arik los. «Sie sollten Ihr Gesicht sehen, Sam! Keine Sorge. Es ist nur, dass ich das Geld in Schweizer Franken bei mir habe und nicht in Dollar. Sonst hätte ich mit einem Lastwagen kommen müssen», erklärt Arik und hat Mühe sein Prusten zu unterdrücken. Anscheinend machen ihm solche Spielchen Vergnügen. Er klaubt ein Taschentuch aus dem Mantel und tupft sich die Augen trocken.

«Zehn Millionen Schweizer Franken, das sind zehntausend neue Tausenderscheine. Aufeinandergestapelt sind sie knapp einen Meter hoch. Die zehn Millionen haben in Schweizer Franken ein Volumen von knapp vierzehn Litern bei einem Gewicht von rund fünfzehn Kilogramm. Das Geld hat also spielend in einem kleinen Reisekoffer Platz. Ich hoffe, Sie verstehen, warum ich Ihnen keine US-Dollar mitgebracht habe? Bei Hundertdollarscheinen hätten sie einen Handwagen mitbringen müssen. Dabei machen Sie sogar einen kleinen Gewinn, aber wir wollen nicht kleinlich sein», erklärt Arik augenzwinkernd.

Dafür liebe er die Schweiz, erklärt er weiter. Nicht nur dafür. Natürlich sei auch die Schokolade ganz toll und Sam befürchtet einen neuen Lachanfall, aber Arik wird wieder ernst. Es sei für sein Geschäft lebenswichtig, auch größere Transaktionen in bar abwickeln zu können. Schließlich wolle man nicht immer nachvollziehbare Banktransaktionen hinterlassen. Aber eben, außer der Schweiz gäbe es kein Land, in dessen Währung sich solche Summen, wie sie im Diamantenhandel üblich waren, in bar herumtragen ließen. Ob er, Sam, überhaupt eine Ahnung hätte, was für einen Stapel die hunderttausend Hundertdollarscheine für die zehn Millionen ergäben hätten, fragt er ihn, ohne eine Antwort abzuwarten.

«Sie hätten es in Fünfhunderteuroscheinen bringen können. Die hätte ich wahrscheinlich tragen können», meint Sam lakonisch.

«Sam, sie sind ja richtig gierig. Bei dem Kurs hätte ich nicht aufrunden können», antwortet Arik vergnügt und lässt die Rückenlehnen zwischen Ihnen herunterfahren. Er zieht den Aluminiumkoffer nach vorne und lässt die Schlösser aufschnappen.

Nun ist es Sam, der die feinsäuberlich mit einer Banderole von Hunderttausend Franken gebündelten Tausender herausholt und gegen die Lampe an der Wagendecke hält. Wasserzeichen und Silberfaden sind zu sehen. Er zieht ein Bündel von unten hervor, um auch das zu prüfen. Es scheint alles in Ordnung.

«Auf ein gutes Geschäft muss man anstoßen», meint Arik und lässt auf Knopfdruck vor ihnen eine kleine Bar aus der Verkleidung erscheinen. Bevor Sam ablehnen kann, drückt ihm Arik ein halbvolles Wasserglas voller Wodka in die Hand.

«Gewohnheit aus meinen Jugendjahren in Moskau – Nastrovje!»

Sam stößt mit Arik an und nimmt einen kleinen Schluck, während dieser sein Glas in einem Zug leert.

Arik schaut auf Sams immer noch halbvolles Glas und nimmt es ihm sanft aus der Hand.

«Entschuldigen Sie, Sam, aber ich bin etwas in Eile. Wer weiß, vielleicht haben wir ja in Zukunft wieder einmal das Vergnügen – falls Sie einem weiteren Vulkanausbruch beiwohnen?» meint Arik und lacht Sam dabei breit an. Er deutet mit seinen Augen auf den Koffer zwischen ihnen. Sam nickt, nimmt den Koffer und stößt die Wagentür auf.

«Leben Sie wohl, Arik, und passen Sie auf sich auf», meint Sam, als er sich nochmals in den Wagen beugt, um sich zu verabschieden.

«Sie auch, Mister Frei, Sie auch...», antwortet Arik. Anscheinend sind sie nicht mehr Freunde.

Sam geht der Allee entlang in Richtung Jeep. Hinter sich hört er ein schmatzendes, leises Klacken, geradezu elegant, so wie nur die Autotüren teurer Wagen klingen. Der Fahrer scheint eingestiegen zu sein und tatsächlich gleitet kurz darauf der schwarze Mercedes an ihm vorbei, fast geräuschlos. In der Kurve zur Autobahn quietschen die Reifen, obwohl der Wagen fast im Schritttempo unterwegs ist. Die Limousine scheint schwer zu sein, wahrscheinlich durch eine Panzerung.

Arik ist verschwunden. Sam beginnt, daran zu glauben, dass es tatsächlich wahr ist. Dass kein Haken an der Sache ist. Dass niemand ihm auflauert, um ihm das Geld wieder abzunehmen.

Die Rollen des Koffers schnurren sanft über den Asphalt. Kein billiger Rollkoffer ist das, sondern einer dieser Businesskoffer aus gebürstetem Aluminium, dessen Design einem Flugzeugrumpf ähnlich sieht. Sam erinnert sich, dass er immer neidisch auf die Koffer mit den kleinen Beulen und den vielen Klebern gelinst hatte, als er als junger Emporkömmling die ersten Geschäftsreisen machen durfte. So einen wollte er damals auch haben. Einen Koffer, der zeigte, dass man es geschafft hatte und erfolgreich war. Der zeigte, dass man die ganze Welt bereiste und genügend Geld auf dem Konto hatte. Es hatte fast zwanzig Jahre gedauert, bis er sich einen solchen Koffer zulegen konnte. Bald darauf musste er feststellen, dass das viele Reisen nicht wirklich Spaß machte. Sein Koffer hatte noch kaum coole Beulen und nur wenige Kleber von den Flughäfen dieser Welt, als er das Ganze schon wieder satthatte.

Das schnurrende Geräusch der gedämpften Gummirollen lässt ein Gefühl in ihm hochsteigen, das er empfand, als er mit so einem Koffer zum ersten Mal zum Gate marschierte. Er zieht eine sorgenfreie Zukunft hinter sich her. Die morgendliche Sommerluft riecht köstlich. Er hört das Zwitschern der Vögel und fühlt sich leicht, als könne er die ganze Welt umarmen – jung und voller Energie.

Wie ist das möglich? Es kann doch nicht sein, dass das alles – dieses unglaubliche Gefühl, wieder jung zu sein und das ganze Leben vor sich zu haben – nur durch fünfzehn Kilo bedrucktes Papier in einem Koffer ausgelöst wird?

Acht.

Sechs Stapel Tausender zu je 1,6 Millionen Schweizer Franken stehen auf dem Clubtisch im Wohnzimmer.

Sam strahlt übers ganze Gesicht, als er nach Hause kommt und die anderen angerannt kommen. Sie versammeln sich auf der Terrasse um den Koffer herum. Sam öffnet ihn. Mit offenen Mündern starren sie auf das Geld, das da vor ihnen liegt und tatsächlich ihnen gehört. Feinsäuberlich stapelt Sam die Bündel auf den Tisch.

Jace und Emma schnappen sich je ein Bündel und lassen die nigelnagelneuen Geldscheine wie Spielkarten durch ihre Finger gleiten.

Piet will wissen, ob sie sicher sein können, dass die Scheine echt sind, und Sam schlägt vor, am nächsten Tag einen Tausender auf der Bank zu wechseln, dann würden sie es wissen.

Emma fragt, wie sie das Geld jeweils zu ihnen heimbringen konnten. Schließlich können sie es nicht einfach bei der Bank auf ihr Konto einzahlen, ohne Fragen nach der Herkunft beantworten zu müssen.

Nach längerer Diskussion einigen sie sich darauf, die Scheine in Plastik einzuschweißen und später auf dem Landweg mit nach Hause zu nehmen. Piet, Jace und Emma reisen mit dem Zug heim und vertrauen darauf, an der Grenze nicht kontrolliert zu werden.

Sie können Barbu erreichen und ihm die frohe Botschaft verkünden. Er verspricht, so bald wie möglich in die Schweiz zu kommen. Emma fließen Tränen über das Gesicht, als sie auflegt. Es ist eine Achterbahn der Gefühle. Einerseits sind sie alle reich und empfinden warme Schauer des Glücks – ihr Leben wird sich völlig verändern – aber da sind auch Schmerz und Trauer. Simi ist tot wie so viele ihrer Freunde. Schließlich holt Sam die letzten Flaschen Sekt aus dem Keller; der Alkohol beruhigt die Gemüter.

Marie war den ganzen Abend über sehr still. Nun lieben sie nebeneinander im Bett und Sam erinnert sich an das belauschte Gespräch zwischen ihr und Chuck und das Ziehen in seinem Bauch kehrt zurück. Doch er beschließt, sie nicht darauf anzusprechen. Noch nicht. Er will ein wenig abwarten, sie beobachten.

«Du bist so still – ist alles in Ordnung mit dir?», fragt Sam.

Marie kuschelt ihren Kopf an seine Schulter und streichelt seine Brust.

«Es ist verwirrend und es macht mir auch ein wenig Angst», beginnt sie schließlich leise zu sprechen.

«Wovor denn?», raunt Sam leise.

«Ich mache mir Gedanken, ob reich zu sein wirklich so ein Glück ist. Verrückt nicht? Und ich glaube ehrlich gesagt nicht, dass das alles wahr ist, dass es das wirklich gewesen ist. Diese Leute um Arik werden uns doch nicht einfach so viel Geld geben und dann sind alle zufrieden.»

«Du hast schon recht. Wir sollten uns vorbereiten und genau überlegen, was wir mit den restlichen Steinen machen und wo wir unser Geld verstecken.»

«Siehst du, das meine ich. Wir haben nichts als Sorgen mit dem Geld», antwortet Marie leise kichernd.

«Die Freuden werden dann schon noch kommen, Liebes. Wir müssen uns nie mehr Sorgen ums Geld machen. Für mich ist das Glück pur. Bis vor fünf Jahren hatte ich immer Geldsorgen, eigentlich solange ich denken», meint Sam und streicht ihr sanft übers Haar.

«Für mich ist es nicht anders. Seit ich mich erinnern kann, hatten wir zu Hause immer Streit ums Geld...», flüstert Marie nach einer Weile.

Sie beginnt zu erzählen, wie sie schon im Kindergarten von den anderen gehänselt wurde, weil sie die Kleider ihres Bruders nachtragen musste. Wie sie später in der Schule gefragt wurde, ob sie eigentlich einen Papa hätte, weil sie nie von ihm erzählen konnte. Wie sie später zur Außenseiterin wurde, weil Maman ihr nicht die neuesten Klamotten kaufen konnte oder was auch immer es gebraucht hätte, um dazuzugehören.

Als Teenager sei sie so unendlich wütend gewesen auf ihre Maman. Weil sie keinen Vater hatte, weil sie keine Freunde hatte und weil sie weder reiten lernen konnte noch je eine Gitarre bekam, die sie sich jahrelang immer zum Geburtstag so sehnlichst wünschte.

Mit siebzehn sei sie schließlich mit ihrem Freund durchgebrannt, hätte die Schule hingeschmissen, obwohl sie es aufs Gymnasium geschafft hatte. Danach Monate in besetzen Häusern, Drogen, Alkohol. Schließlich sei sie auf einem der Hinterhöfe, wo sie sich herumtrieben, von einem Gassenarbeiter angesprochen worden, ob sie Lust hätte, mal im Jugendzentrum vorbeizukommen. Alle hatten sie ausgelacht, aber sie sei trotzdem hingegangen. Dort hätte sie René kennengelernt. Er war einer der Helfer im Zentrum und hatte eine Tauchschule, wo sie schließlich jobbte und sich damit ihren Tauchschein erarbeitete. Als sie schließlich mit fünfundzwanzig Tauchlehrerin geworden sei, sei sie mit dem Diplom voller Stolz nach Hause gegangen.

«Das tut mir sehr leid, mein Liebes. Du hattest tatsächlich eine harte Kindheit», meint Sam mitfühlend und streichelt ihre zuckenden Schultern.

Marie liegt stumm an seiner Brust. Er spürt ihre heißen Tränen auf seinem Arm. Jedes mögliche Wort des Trostes erscheint ihm schal. Was gibt es da zu sagen? Zusammen schweigen und traurig sein ist das einzige, das möglich ist. Er hält sie fest im Arm.

Seine Gedanken drehen von Maries Geschichte zu seiner eigenen und er fragt sich, was der plötzliche Reichtum wohl für ihn bedeuten wird.

Er hat nicht vor, einen Tauchshop zu gründen, obwohl er doch einmal davon geträumt hat. Nun findet er schon den Gedanken daran anstrengend. Er möchte einfach tauchen und nicht sieben Tage die Woche zwölf Stunden pro Tag abrackern müssen. So einen Klotz wird er sich nicht ans Bein binden. Auch sich in einer Hilfsorganisation zu engagieren, erscheint ihm sinnlos. Um etwas Bedeutendes auszurichten, reicht das Geld nicht, findet Sam, angesichts der großen Probleme, die es zu lösen gilt auf der ganzen Welt, auch wenn es für ihn ein einzelner Mensch eine rechte Summe ist. Was soll er in Zukunft tun? Sich einfach zur Ruhe setzen und mit dem Geld ein bequemes Leben führen? Ist er dafür nicht noch zu jung? Wenn er ehrlich ist, hat ihm in den letzten Jahren nicht das Geld gefehlt. Klar, er hatte ja auch gut verdient, aber auch vorher war es nicht das Wichtigste für ihn gewesen.

Seine Sehnsüchte hatten sich um Geborgenheit, um Zugehörigkeit gedreht. Er hatte sich danach gesehnt, mit jemanden sein Leben zu teilen.

Hat er mit Marie so einen Menschen gefunden? Kann es mit ihnen trotz des Altersunterschieds gut gehen? Was sind wohl ihre Pläne? Er hat keine Ahnung.

Sam dreht sich, liegt Seite an Seite mit ihr und betrachtet ihre leicht geröteten Augen. Er atmet tief ein und ist bereit, sie alles zu fragen, was ihm auf dem Herzen liegt, auch dass er sie und Chuck beobachtet hat und sich seither Gedanken macht. Vielleicht traut er sich nun, weil sich Marie ihm gegenüber so sehr öffnet, aus ihrem Leben, von ihren Ängsten und Sehnsüchten erzählt? Sie vertraut ihm und nun ist er dran, auch ihr zu vertrauen. Doch bevor er etwas sagen kann, legt Marie ihren Zeigefinger an seine Lippen. Sie zieht ihn zu sich und bedeckt seine Lippen mit Küssen, ganz zart und sanft. Sie küsst seine Augen und hält seinen Kopf in ihren Händen. «Komm zu mir, chérie», haucht sie in sein Ohr. Sam erhebt seinen Kopf, schaut sie an und sie blickt ihn an voller Wärme. Es ist nicht die Lust, die er sonst ihn ihren Augen wahrnimmt, wenn sie so zusammen im Bett liegen. Da ist etwas anderes, etwas Neues, Unbekanntes. Da ist Sehnsucht nach Nähe, nach Geborgenheit in ihrem Blick, nach Verschmelzen und Hingabe, als wollen ihre Augen sagen: ich bin dein. Ich vertraue dir, dass du Sorge zu mir trägst.

Marie zieht ihr kurzes Nachthemd bis zum Hals hoch. Sam hilf ihr, es über den Kopf zu ziehen. Auch er strampelt sich aus seinen Kleidern. Sie liegt still da und wartet auf ihn. Wartet, dass er sich ihr mit seiner ganzen Männlichkeit zuwendet. Sein Oberkörper streift ihre Brust und Marie stöhnt leise. Wie Stromstöße fühlt es sich an, wo ihre Körper sich berühren. Sie zieht ihn zu sich, will ihn ganz spüren. Sie öffnet ihre Beine und umschlingt ihn sanft. Jede Regung auf seinem Gesicht beobachtet sie mit offenem Mund, wie ein Kind, das fasziniert zusieht, wie ein Schmetterling aus seinem Kokon schlüpft. Sie betrachtet seine Fältchen rund um die Augen und wie seine geschlossenen Lider zittern. Dabei wirkt er ernsthaft, konzentriert und angespannt. Sie hätte niemals gedacht, dass ein so viel älterer Mann sie so erregen kann. Sein immer noch sportlicher Körper fühlt sich wundervoll an. Seine Muskeln sind nicht mehr so hart, fast rau, wie die der jungen Kerle, die sie in den Armen hielt. Sam ist warm und seine Haut weich. Er lässt sich ganz auf sie ein, zeigt sich ihr so, wie er ist, und auch er will liebt und will sie genau so, wie sie ist. Es ist die Nähe zu ihr, die ihn erregt, nicht nur ihr Körper.

Marie spürt seine Erektion und wie sie selbst fast zerfließt vor Erregung. Sie will ihn in tief in sich spüren, sich von ihm ausfüllen lassen. Unendlich langsam, Millimeter um Millimeter nimmt sie ihn, mit ihren Beinen um seine Hüfte geschlungen, in sich auf. Sam keucht und stöhnt leise und vergräbt sein Gesicht in ihren Haaren. Ganz still bleibt Marie ohne viel Bewegung. Eine sanfte Woge türmt sich in ihr auf und rauscht warm und kraftvoll durch ihren ganzen Körper. Ihre Beine zittern, sie schnappt nach Luft und beißt Sam in die Schulter als sie die große Welle wie ein inneres Feuerwerk erschauern lässt. Sie lässt ihre Beine auf das Bett sinken.

Im Wellental beginnt Sam sich langsam und rhythmisch zu bewegen. Sanft und doch fordernd. Marie spürt erstaunt, wie es sie wieder mitnimmt. Sie möchte sie sich ganz hingeben. Sie hatte immer eine Scheu davor ausgeliefert zu sein, brauchte die Kontrolle über den Mann, um sich gehenlassen zu können. Nun ist da ganz plötzlich etwas Neues, vollkommen Unbekanntes – das Gefühl von Vertrauen. Sie kann sich hingeben, fallen lassen und weiß, dass sie darin gehalten ist.

Wortlos liegen sie nebeneinander wie Teenager, die seinen ersten geschlossenen Tanz wie eine heilige Weihe genießt. Stumm, selig vor Glück und doch mit wild klopfenden Herzen bewegen sie sich langsam im Rhythmus einer imaginären Schnulze. Marie überlässt es Sam, sie zu führen, sich mit ihr zu drehen, sie an sich zu drücken, ohne je ihre Hand loszulassen. Sie lauschen ihren stoßweisen Atemzügen, dem leisen Stöhnen, sehen sich gebannt in die Augen und bewegen sich im Takt der immer schneller und lauter werdenden Musik zum Gipfel der Lust. Noch nie hat sie so einen Höhepunkt erlebt.

Gemeinsam reiten sie noch ein wenig weiter auf dem Ozean höchster Lust, der sich langsam wieder beruhigt und in einen ruhigen See mündet, auf dem sie sich in tiefer Innigkeit so nah fühlen wie nie zuvor.

Schließlich liegen sie schweißnass und wortlos nebeneinander, beide Hände immer noch fest umschlossen, wird Sam bewusst, dass er noch nie so innigen Sex mit einer Frau gehabt hat, bei dem sich nicht nur ihre Körper vereinigen. Auch wenn er nicht an so etwas wie eine Seele glaubt, war da mehr gewesen als reine sexuelle Lust. Er erinnert sich an sein erstes Mal. Dieselbe Mischung aus Erstaunen und Glück wie damals breitet sich in ihm aus.

Wie es wohl für Marie war? Als er seinen Kopf leicht zu ihr dreht, um sie zu fragen, bemerkt er ihre tiefen, regelmäßigen Atemzüge. Seine Liebste schläft und er betrachtet sie lange, ihre gleichmäßigen Züge, die reine Haut, der entspannte Mund so ernst und ruhig, die wunderschönen, verwuschelten Haare, die ihr Gesicht umranken wie Efeu. Liebe ich diese Frau, fragt er sich. Was kann das, was er in seinem Herzen empfindet, sodass es fast wehtut, anderes sein als Liebe?

Neun.

Die Schatten der Hänge auf der gegenüberliegenden Seite des Sees werden rasch länger. Die Sonne verschwindet hinter den Gipfeln und sofort wird es merklich kühler auf dem See. Sams kleines Motorboot liegt ruhig auf dem spiegelglatten Wasser.

Marie steht auf, dreht sich, um sich den wasserdichten Reißverschluss ihres brandneuen Trockentauchanzugs, schließen zu lassen. Sie sieht umwerfend aus in dem roten Neoprenanzug und Sam denkt, dass er sie lieber aus- als anziehen würde, als er seine Hände um ihre Hüfte legt.

Gestern waren sie alle zusammen in Bern und hatten sich mit neuen Anzügen ausgestattet. Bezahlt hatten sie in bar. Zuvor wechselten sie ohne Probleme ein paar Tausender bei der Bank. Sam hatte angeboten, das Risiko auf sich zu nehmen. Er ist zu seiner Hausbank gegangen, wo sie ihn kannten, was allerdings wenig genutzt hätte, wenn Arik sie hereingelegt und das rote Lämpchen aufgeleuchtet hätte, als die Dame am Schalter die Scheine durch den Prüfscanner hat laufen lassen. Aber nichts war geschehen. Ob er einen Umschlag möchte, fragte sie ihn lächelnd, als er verdutzt und unschlüssig mit dem Bündel Hunderter vor der

Glasscheibe des Schalters wie angewurzelt stehenblieb.

Danach waren sie in den Tauchshop gefahren. Neben den Anzügen und einer Netztasche aus starkem Nylon hatten sie Pressluftflaschen gemietet und eine Tarierweste für Marie. Piet hatte im Auto gelacht und meinte, sie hätten doch nicht bloß die Anzüge kaufen sollen und anstatt den Rest der Ausrüstung zu mieten, gleich den ganzen Laden leerkaufen können. Er würde sein Geld schneller loswerden, als die Lottomillionäre, die sechs Monaten nach ihrem Gewinn wieder pleite seien, meinte Emma trocken.

Emma steht im kleinen Führerhaus des Bootes und steuert langsam die Felswand an, die fast senkrecht gute hundert Meter aus dem schwarzen Wasser vor ihnen aufragt. Die Stelle ist gut gewählt. Auch unter der Wasseroberfläche verläuft der Fels senkrecht über zweihundertachtzig Meter tief bis zum Grund des Brienzersees. Sam kennt die Stelle. Er ist schon früher hier getaucht und weiß, dass es auf dreißig Metern Tiefe eine Stelle mit einem kleinen Vorsprung gibt, bevor sich die Wand im Nichts verliert.

Das ist genau der richtige Platz für ein Versteck, hatten sie beschlossen. Vorausgegangen war eine Diskussion über drei Tage, was mit den verbliebenen Steinen am besten zu tun sei. Es war nicht leicht gewesen, einen Konsens zu finden. Dass ein Versteck gefunden werden musste, wo die Steine für Jahre bleiben konnten und vor dem Syndikat sicher waren, darüber waren sie sich schnell einig, aber über den richtigen Ort hatten sie hitzige Debatten geführt. Schließlich schlug Sam den Vorsprung in der Tiefe vor – ein stimmiger Platz für sie als Taucher, fanden sie.

Nun liegen die Steine, in Plastikbeutel verschweißt, in der Netztasche vor ihnen. Sie haben vor, die sie mit einem Stahlkabel an mehreren Kletterhaken im Felsen bei dem Vorsprung zu verankern. Das Material wird Jahre überdauern, zumal der See in dieser Tiefe kaum Strömung aufweist.

Piet und Jace helfen Marie und Sam in die restliche Ausrüstung, während Emma mit blubberndem Motor im Standgas das Boot knapp vor der Wand in Position bringt. Beide setzen sich auf nebeneinander auf die Reling, geben das Okay Zeichen und lassen sich rückwärts in den See fallen.

Unter der Oberfläche nimmt Sam seine Hände von der Maske und dem Atemregler und streckt sich. Zischend atmet er die Luft tief in seine Lungen.

Als die Ruhe der Unterwasserwelt seine Sinne erfasst, ist es augenblicklich still in ihm. Schwebend betrachtet er die Schwärze unter sich. Ihm wird bewusst, wie sehr er dieses Gefühl, diesen Zustand des reinen Seins, das ihn jedes Mal beim Tauschen erfasst, vermisst hat. Dieses vollkommene Einssein mit sich, die Gedanken nur im Hier und Jetzt, eine Schwerelosigkeit von Körper und Geist. Noch oben im Boot hätte er es nicht beschreiben können; jetzt ist es wieder da und glasklar.

Er schaut sich nach Marie um und ahnt, dass es ihr ähnlich geht. Sie liegt kaum einen Meter unter der Oberfläche auf dem Rücken, hält den Atemregler in der Hand und bläst kleine Blasen zur Oberfläche. Er tippt ihre Schulter an und sie schiebt den Atemregler wieder in den Mund. Ihre Augen strahlen in dem fahlen Licht. Sie steigen beide nach oben.

Jace und Piet lächeln verstehend, als Sam und Marie durch die Oberfläche steigen und ihre Westen aufpumpen, um Auftrieb zu erzeugen. In den Augen der beiden Freunde im Boot ist zu lesen, dass sie in Gedanken mit tauchen. Sie reichen Sam und Marie die Lampen und den Karabinerhaken der Netztasche. Sam hängt die Tasche an seine Weste, schaltet die Lampe ein, gibt Jace und Piet sein

Okay und blickt Marie an. Sie antwortet mit dem Daumen nach unten: abtauchen.

Schulter an Schulter paddeln sie in Richtung Wand, bis sie nach Sekunden in den Lichtkegeln auftaucht. Bizarre Schönheit aus schroffen, grauschwarzen Strukturen von Granit, die während der letzten Eiszeit vom Gletscher ausgebrochen worden sind, als er in Jahrtausenden das Tal und das Becken für den See ausgehobelt hat. Sam leuchtet nach oben und sieht den Rumpf des Bootes hinter ihnen. Er kann sich nicht mehr genau erinnern, aber die Stelle des Vorsprungs muss etwa in der Mitte der dreihundert Meter langen Steilwand liegen. Wenn sie abtauchen und sich in Richtung Osten bewegen, müssten sie die Stelle finden. Er wirft einen prüfenden Blick auf den Kompass, die Luftreserve und den Tauchcomputer. Acht Meter Tiefe und außer dem Lichtkegel nichts als tiefe Schwärze um sie herum.

Obwohl er weder Körperkontakt mit Marie hat noch mit ihr sprechen kann, durchfährt ihn ein wohliges Gefühl von Verbundenheit. Er lauscht seinem Atem, hält ihn an, um das leise Blubbern ihres Atems zu hören. Er schaut zu ihr und sieht ihre warmen, braunen Augen hinter dem Glas der Tauchermaske. Trotz der Kälte, die sich leise durch den

Anzug schleicht und des schwarzen Abgrunds unter ihnen fühlt er sich eingekuschelt und wohlig aufgehoben.

Marie fragt ihn per Handzeichen ob alles in Ordnung ist, zuckt mit den Schultern und zeigt ein Grinsen. Als Taucherin hat auch sie mit der Zeit eine verstärkte Körpersprache verinnerlicht, um Gefühlen oder Gedanken Ausdruck zu geben, ähnlich wie es Pantomime mit ihrem Publikum tun. Sam versteht sofort: Geht es dir gut? Mir geht es gut, es ist komisch und wunderbar zugleich, wieder zu tauchen. Sam nickt, zeigt Okay und schwebt zu Marie, um ihren Arm zu streicheln. Er nimmt den Atemregler aus dem Mund, um einen Kuss anzudeuten. Marie wedelt mahnend mit dem Zeigefinger, ihre Augen lachen. Sam zeigt wieder Okay und deutet er mit dem Daumen nach unten.

Sie lassen sich langsam und ohne Bewegung in dem strömungsfreien Wasser sinken. Zischend hören sie Luft in ihre Anzüge strömen, wenn sie den steigenden Wasserdruck ausgleichen und ihr Sinken kontrollieren.

Fünfundzwanzig Meter Tiefe. Sam streicht mit der flachen Hand vor sich hin und her, zeigt damit an, dass sie auf dieser Tiefe bleiben und deutet der Wand entlang nach Osten. Mit ruhigen Flossenschlägen gleitet er voran, Marie zwischen sich und der Felswand, die Netztasche mit dem Vermögen an Diamanten am Haken unter sich trudelnd.

Nach wenigen Minuten taucht der Vorsprung vor ihnen auf. Ein paar Barsche stellen ihre dornigen Rückenflossen auf und verschwinden in einer Staubwolke in der Tiefe. Marie sinkt vor Sam zum Vorsprung und richtet sich auf die Knie. Sam prüft seine Instrumente. Zweiunddreißig Meter Tiefe, erst zwanzig Prozent der Atemluft verbraucht, seit zwölf Minuten sind sie unter Wasser. Marie tut es ihm nach und zeigt Okay. Auch sie hat noch über hundertfünfzig Bar Druck in ihrem neu gemieteten Presslufttank. Sam grinst bei dem Gedanken, wie oft er mit Tauchschülern auf dreißig Meter getaucht war, um nach zwei Minuten schon den Aufstieg zu beginnen, weil sie durch die Aufregung ihre Luftreserven bereits aufgebraucht hatten. Sie haben noch gute zehn Minuten Zeit, um die Tasche zu verankern und ohne Dekompressionsstopps wieder aufzutauchen.

Sam reicht Marie einen der Kletteranker, die sie in die Spalten der Wand setzen wollen. Er findet eine Spalte und gleich daneben eine zweite, dreht die Enden ein und spannt die Vorrichtungen. Die Haken sind stark genug, um den Sturz eines Kletterers aufzufangen. Sie haben sie umfunktioniert und sie werden eine Tasche mit nur wenigen hundert

Gramm halten müssen. Er zieht das Stahlkabel durch die Haken und reicht es Marie. Auch sie schlauft das Kabel durch ihren verankerten Haken und gibt es ihm zurück. Von weitem sieht dies aus wie ein Schauspiel aus Lichtfingern, die die Schwärze durchstreifen.

Sam klinkt die Netztasche ein und legt einen losen Gesteinsbrocken darauf. Marie zeigt Okay und wedelt sich auf den Knien mit den Händen an Sam heran. Das indirekte Licht ihrer nach unten gerichteten linken Händen erhellt ihre Gesichter. Sie nimmt ihren Atemregler aus dem Mund. Obwohl ihr Kopf in der engen Neoprenkapuze steckt und in der Tauchermaske nur ihren Mund mit eiskalten, fast leichenhaft blassgrauen Lippen freigibt, wirkt sie auf Sam sinnlich und warm. Sie zieht sich an ihn und drückt ihm einen Kuss auf das Glas seiner Maske. Sam will sie festhalten, doch Marie winkt mit dem Zeigefinger, deutet auf ihren Tauchcomputer und mit dem Daumen nach oben. Zweiundzwanzig Minuten – Zeit für den Rückweg. Sie paddeln von der Wand und dem Vorsprung in die Schwärze hinein und steigen langsam auf, den Blick fest auf die Zahlen des Tauchcomputers gerichtet. In fünf Metern Tiefe machen sie einen Sicherheitsstopp, um Stickstoff aus ihrem Blut abzuatmen.

Sie schweben im schwarzen Nichts und halten sich aneinander fest wie in den Weiten des Weltalls. Um sie herum keine Luft und vollständige Dunkelheit, Schwerelosigkeit. Die Zeit existiert nur auf der Anzeige des Tauchcomputers. Der zählt stoisch die Sekunden der drei Minuten für ihren Stopp. Sie hören das Surren einer Schiffsschraube. Emma scheint die Blasen an der Oberfläche gesehen zu haben und ist auf dem Weg zu ihnen.

Sam reibt Maries Schultern. Auch er spürt noch die Kälte des Brienzersees. Der Tauchcomputer hatte vier Grad gemessen auf dreißig Metern Tiefe. Obwohl sie in ihren neuen Anzügen vollkommen trocken geblieben waren, hatten ihre Körper rapide Wärme verloren. Nun sitzen sie mit bei einer heißen Schokolade mit Rum im Heck des Bootes. Emma steuert sicher durch die Nacht und zieht in einer langen Kurve zum Steg des kleinen Hafens.

«Jetzt eine warme Dusche…», meint Marie und springt als erste in ihrem Unterziehoverall aus dem Boot. Ohne auf die anderen zu warten, trippelt sie den Weg entlang zum Haus.

Emma vertäut das Boot und Sam trägt mit den anderen die Ausrüstung zum Jeep vor dem Haus.

Bald darauf sitzen sie in Decken gehüllt und mit dicken Wollsocken vereint vor dem knisternden Kamin im Wohnzimmer.

Alles ist gut verlaufen. Sie sind zufrieden. Die Steine sind versteckt, das Geld verteilt und verstaut. Jeder hat zusätzlich einen Beutel mit fünf kleinen Steinen als Notreserve. Seit sie damals Barbu einen solchen Beutel mitgegeben hatten und auch Chuck sich einen mitgenommen hat, ist es eine unausgesprochene Vereinbarung unter ihnen, die sie nicht nur als Geldreserve verstehen. Es ist vielmehr eine Erinnerung an das, was sie gemeinsam durchlebt haben. Jeder von ihnen trägt den kleinen Lederbeutel als Zeichen der Verbundenheit am Hals.

Alles ist erledigt. Nun warten sie nur noch auf Barbu, um ihm seinen Anteil zu, ihn über alles zu informieren. Und dann? Was kommt dann?

Piet erklärt, er wolle zurück nach Holland, um dort zu studieren oder um zu sehen, wie er eine Tauchbasis auf Island aufbauen könnte. «Es wird wohl noch ein paar Jährchen dauern, bis das Land wieder soweit ist und es Tourismus dort geben wird», meint Emma. «Vielleicht solltest du doch einfach an die Uni.» Aber das hat Piet zu entscheiden, wenn er wieder in seiner Heimat ist.

Emma und Jace haben vor, zuerst einmal heim zu ihren Familien zu fahren. Sie planen zu heiraten, hatten sie vor ein paar Tagen verkündet, worauf Piet sein Beileid ausgesprochen und Marie Emma voller Freude umarmt hatte. Auch Sam war berührt. Marie scheint Heiraten toll zu finden, fiel ihm auf. Allerdings hatte sie Emma gleich gefragt, ob sie planen, eine Familie zu gründen – also, mit Kindern und so. Die Frage hatte Sams Zuversicht, ebenfalls zu heiraten und mit Marie an seiner Seite alt zu werden, gleich wieder eingedämmt. Sie würde wohl kaum einen über Fünfzigjährigen als Vater für ihre Kinder haben wollen. Aber vielleicht sollte er sie einfach mal fragen. Wenn der Moment passt ...

Zehn.

«Ich komme!», ruft Sam aus seinem kleinen Garten neben dem Haus. Emma hatte angeboten, Barbu vom Fernbusbahnhof in Zürich abzuholen. Nun war sie bereit für die Fahrt.

Piet und Jace sind schon früh am Morgen mit dem Jeep nach Bern gefahren, um die seit drei Tagen überfällige, geliehene Tauchausrüstung zurückzubringen. Von dort hatten sie angerufen und erklärt, dass sie sich nochmals Ausrüstung leihen und damit einen Tauchausflug an den Neuenburger See machen wollen. Emma verzog zwar schnaubend das Gesicht, aber erklärte sich einverstanden, Barbu mit dem Zug entgegenzufahren. Eigentlich war es ihr recht, den Rechtsverkehr hatte sie schon in Island gehasst. Dass Jace und Piet tauchen wollen, kann sie gut verstehen; es fehlt ihnen allen, unter Wasser zu sein.

Marie war ein wenig beleidigt, denn sie hätte auch gern die Unterwasserwelt der Schweizer Seen erkundet. Piet versprach, sie gleich am nächsten Tag mitzunehmen. Vielleicht könnten sie alle zusammen tauchen gehen, schlug er vor. Die Frage nach der Ausrüstung hatte er nur mit einem Lachen beantwortet und gemeint, sie könne das ruhig seine Sorge sein lassen. Schließlich sei Logistik sein Fachgebiet.

Marie schmunzelte. Es würde sie nicht wundern, wenn er mit dem halben Tauchshop zurückkommt. Einen Moment lang hatte sie den Impuls, ihn nochmals anrufen. Sie hatte bei ihrem letzten Besuch im Shop mit den wunderbaren Atemreglern für Kaltwasser von Apeks geliebäugelt. Die Dinger waren ihr immer viel zu teuer gewesen. Die englische Firma hat ihre Produkte zusammen mit Profitauchern aus der ganzen Welt entwickelt und schlicht die Nase vorn, wenn es um absolut zuverlässige Ausrüstung geht – was natürlich seinen Preis hat. Nun könnte sie sich sowas leisten. Nachdem Sam problemlos auf der Bank die Tausender wechseln konnte, taten es ihm die anderen nach aus ihren Geldreservoirs. So haben sie so viel Geld in den Taschen wie nie zuvor. Sie sind nicht alle am selben Tag zur Bank gegangen, trotzdem hatten sie offenbar Aufmerksamkeit erregt. Die Dame wollte ihre Ausweise sehen und telefonierte anschließend. Doch dann entschuldigte sie sich für die Wartezeit. Es seien in den letzten Tagen auffällig viele Tausenderbanknoten gewechselt worden, aber es sei alles in Ordnung.

Sie sollten vorsichtig bleiben und vermeiden aufzufallen.

Sam schiebt mit zusammengepressten Lippen den lebensgroßen, sitzenden Buddha aus Granit zurück an seinen Platz. Im Hohlraum darunter hat er den verbleibenden großen Rohdiamanten gelegt. Warum er ihn nicht zu allen anderen in die Netztasche gelegt hatte, weiß er selber nicht genau. Er war seinem Bauchgefühl gefolgt und hatte den Stein beiseitegelegt, um ihn jetzt hier in seinem Garten unter dem Buddha zu verstecken. Die ganzen Tage hatte er gegrübelt, ob der Reichtum ihn schon mit übermäßigem Misstrauen infiziert hatte und ob er damit nicht seine Freunde hintergeht.

Der Stein liegt versteckt. Sam klopft seine Hände an den Hosen ab und hüpft durch den Garten auf die Terrasse zu. Marie steht mit Emma an der Tür und winkt ihm mit dem Kopf, dass er sich beeilen solle. Sam schaut auf die Uhr. Der Zug fährt in fünfzehn Minuten, genügend Zeit für den gemeinsamen Spaziergang zum Bahnhof.

Emma blinzelt in die Sonne. Der Busparkplatz ist riesig.

Es ist deutlich wärmer geworden. Der milchige Nebel, der seit Wochen am Himmel hing und das Sonnenlicht leicht abgedeckt hatte, war verschwunden. Die Asche scheint sich verzogen zu haben oder war heruntergerieselt. Die Scheiben der Autos waren jedenfalls oft mit einer Staubschicht gepudert, wie im Frühling vom Blütenstaub. Wer das Zeug abwaschen wollte, erzeugte eine graubraune Schmiere, die nur mit viel Wasser von den Scheiben zu wischen war.

Katla und die Vulkane am Langjökull haben sich beruhigt. Katla spuckt zwar immer noch Dampf und etwas Asche, aber es wird erwartet, dass sich die Situation weiter normalisiert. Ob man den Berichten in den News der Fernsehstationen wirklich glauben konnte, wusste niemand. Viele Airlines waren nur noch durch staatliche Finanzspritzen am Leben und warteten sehnlichst auf vollständige Entwarnung. Zwar sind die meisten Flugverbindungen wieder aufgenommen, aber es kommt doch immer noch zu Annullierungen, wenn der Wind ungünstig ist und auf den Radarbildern Aschewolken auf der geplanten Flugroute sichtbar sind. Das verunsichert die Kunden und so wird generell immer noch viel weniger geflogen als vor den Ausbrüchen. Auch die Landwirtschaft ist schwer betroffen. Gemüse ist so teuer wie nie zuvor, denn vieles muss wegen zu vieler Giftstoffe aus dem Ascheregen vernichtet werden.

Von ihren Eltern hatte Emma gehört, dass es kaum Milch in England zu kaufen gibt. Das Gras ist in der Not ihres Hungerns trotz der Kontaminationen an die Kühe verfüttert worden und verunreinigt die Milch mit Giftstoffen. So fühlt sich das Leben an wie nach dem Krieg, erzählte ihre Mutter. Es fehlt an vielem. Auch gibt es eine nicht ungefährliche wirtschaftliche Krise, aber die Menschen standen zusammen, die Solidarität war groß und sie halfen sich gegenseitig.

Wie es wohl den Isländern geht, sinniert Emma als sie auf dem Parkplatz nach dem Fernbus aus München Ausschau hält.

Der Internationale Währungsfonds und die EU-Minister haben großzügige Kredite bereitgestellt. Baugeräte, Hilfsmaterial und alles, was man zum Leben braucht, werden permanent von Frachtern und Fähren von England aus geliefert. Der Konvoi sieht in den Luftaufnahmen der News-Sendungen aus wie eine Brücke, über die man von England nach Island marschieren könnte. Überlebensmodus, aber das liegt den verschlossenen Wikingern schließlich im Blut. Seit Jahrhunderten war dort die Bevölkerung von Seuchen und Naturkatastrophen gebeutelt. Das Überleben in dieser rauen Natur haben die in ihrer DNA, denkt Emma.

Der Bus müsste seit fünf Minuten hier sein. Barbu hatte am Telefon gesagt, er würde mit dem Bus von Bukarest nach München fahren und von dort nach Zürich. Das Fliegen sei ihm zu unsicher und die Odyssee mit dem Bus kenne er schon von der Hinreise. Von München aus hatte er bestätigt, dass er den Anschluss nach Zürich erwischt habe.

Da endlich biegt der Bus auf den Parkplatz ein, kommt mit einem Schnauben zu stehen und öffnet zischend die Türen. Die Passagiere quellen heraus und rangeln vor den Gepäcktüren um ihre Koffer. Wo ist Barbu?

Da sieht sie ihn. Er ist mit seinem Rucksack schon auf dem Weg zum Bahnhof und schaut sich suchend um.

«Baaarbuuu!», schreit Emma und er dreht sich zu ihr um. Das Leuchten in seinen Augen trifft auf ihres, sie rennen aufeinander zu und fallen sich in die Arme.

«Good to see you», meint Barbu sichtlich bewegt und mit glänzenden Augen. Emma knufft ihn in die Seite, hängt sich ein und deutet auf den Bahnhof.

Im Abteil schaut sie ihn fragend an. Barbu war schon immer sehr zurückhaltend und freundlich, aber jetzt erscheint er ihr auffallend still. Hinter seinem Lächeln scheinen Sorgen verborgen.

«Erzähl, wie geht es dir», fragt sie ihn und legt besorgt ihre Hand auf sein Knie. Barbu laufen Tränen über die Wangen und er schüttelt den Kopf.

«Simi?», fragt ihn Emma leise.

«Ja, auch. Es ist immer noch sehr hart für uns alle. Meine Eltern sind sehr in Trauer. Mein Vater läuft herum wie ein Roboter.»

«Das tut mir so leid.» Emma wechselt auf die Bank neben Barbu und hält ihn fest im Arm.

«Aber es ist nicht nur das, Emma. Wann hast du deine Eltern zum letzten Mal gesprochen?»

«Vor drei Tagen. Warum?»

«Weil ich heute Morgen mit meinen Eltern gesprochen habe. Sie hatten Besuch von Leuten in dunklen Anzügen. Die sind in Limousinen vorgefahren und haben sich nach mir erkundigt. Meine Mutter ist vor Angst fast gestorben. Als sie ein Mädchen war, wurde ihr Vater von der Sekuritate, dem rumänischen Geheimdienst, abgeholt und blieb danach verschwunden.»

«Der Geheimdienst sucht nach dir?»

«Nein, natürlich nicht. Die Sekuritate gibt es nicht mehr. Die Leute haben erklärt, sie kommen im

Auftrag des Syndikats. Sie sollen Grüße von Arik ausrichten.»

Emma schaut Barbu entgeistert an und bringt kein Wort hervor.

«Ich musste fast eine Stunde mit ihnen sprechen, um sie zu beruhigen und zu versichern, dass ich nichts angestellt habe. Ich erzählte ihr, dass ich diese Leute aus Island kenne und sie wohl lediglich nach mir schauen wollten, ob ich etwas brauche. Geglaubt hat sie mir nicht so richtig und erklärt, sie kenne diese Art Leute, diesen Tonfall, diese Anzüge und diese großen Wagen. Das seien niemals Leute, die anderen helfen wollen.»

Barbu stupst Emma an, die mit offenem Mund dasitzt und durch ihn hindurchsieht. Plötzlich erwacht wieder Mimik in ihrem Gesicht: «Was erzählst du da?!» Emma klaubt nervös ihr Handy aus ihrer Manteltasche, wischt mit zitternden Fingern über das Display und hält es sich mit angstvollem Gesichtsausdruck ans Ohr. Mit großen Augen schaut sie Barbu an, legt ihren Zeigefinger auf die Lippen und wartet lange.

«Sie gehen nicht ran», erklärt sie.

Doch gleich darauf vibriert das Handy und Emma schaut auf das Display «Mom & Dad» steht dort.

Mit Augen, zu schmalen Schlitzen verengt, fixiert sie Barbu. Ihr Atem geht stoßweise.

«Ja, Mom, mir geht es gut. Ja, ganz sicher. Wer war da?» Emma verdreht die Augen.

«Was wollten die? ... nach mir gefragt ... so.... Aber beruhige dich doch, Mom. Alles der Reihe nach.»

Während sie telefoniert, rauft sie sich die Haare, fährt über ihr Gesicht. Sie versucht Fragen zu stellen, kommt jedoch über Einatmen und Mundöffnen nicht hinaus. Ihre Mutter scheint aufgeregt zu erzählen, unablässig wispert es aus dem Handy.

«Mom, es ist alles in Ordnung. Ich verstehe, dass ihr euch Sorgen macht. Jaja, ich melde mich wieder. Ich werde die Leute anrufen und das klären. Doch, es ist alles in Ordnung. Ich melde mich. Gut. Ich liebe dich auch, Mom und gib Dad einen Kuss von mir.»

Auch ihre Eltern haben heute Morgen Besuch erhalten, erzählt sie Barbu. «Same shit.» Die seien auch in Limos vorgefahren und hätten sich nach ihr erkundigt. Hätten betont lässig gefragt ob ihr Bruder nächstes Wochenende auch vom College heimkomme. In seiner Studentenbude hätten seine Kumpanen es nicht genau gewusst. Mom sei völlig verängstigt gewesen und Dad hätte, nachdem die wieder abgefahren seien, die Polizei angerufen sowie den MI6, den britischen Geheimdienst. Er hat Beziehungen dort und wollte auf Nummer sicher gehen. Dad habe dort nachgefragt, was denn los sei und was denen eigentlich einfalle, bei ihm zu Hause aufzukreuzen und komische Fragen zu stellen. Natürlich haben die nichts gewusst, Mom hätte ihr schließlich noch Grüße von einem Arik ausgerichtet. Er sei ein Freund und wolle sich erkundigen, ob es auch allen gut gehe. Die liebe Emma sei ja in der Schweiz in Sicherheit mit ihren Tauchfreunden. Die würden gewissen Leuten noch etwas schulden, aber er könne leider niemanden erreichen. Er wolle nur verhindern, dass jemand in Gefahr käme. Dieses Schwein!

«Sind Jace und Piet schon zurück?», fragt Emma keuchend und platzt mit Barbu im Schlepptau ins Wohnzimmer. Sam und Marie die aneinander gelehnt auf dem Sofa in Bücher vertieft sind, schauen sie mit hochgezogenen Augenbrauen an.

«Barbu!», ruft Marie, springt vom Sofa hoch, und umarmt ihn stürmisch.

«Was ist los?», fragt Sam.

«Du hattest recht! Es ist nicht vorbei. Die Scheiße geht weiter», antwortet Emma gehässig und schmeißt ihren Mantel und die Tasche auf einen Sessel.

Sam Handy klingelt auf dem Clubtisch. Emmas Augen verengen sich.

„Unbekannter Anrufer" steht auf dem Display. Sam greift nach dem Handy und geht ran.

«Mister Frei, wie gut, dass ich Sie gleich erreiche. Barbu und Emma sind sicher inzwischen bei Ihnen eingetroffen. Piet und Jace packen gerade ihre Sachen am See, wie ich informiert wurde», hört Sam die bekannte Stimme am Telefon.

«Sie wissen offenbar gut Bescheid, Arik. Was wollen Sie?», antwortet Sam ruhig.

«Ganz der Manager, was, Mister Frei? Das macht es einfacher. Wenn Sie erlauben, komme ich gleich zur Sache. Wie Sie sich sicher denken können, kam das Geld, das wir Ihnen gegeben haben, nicht von uns, sondern von unseren drei größten Kunden. Die sind von den Steinen begeistert.»

«Das ist schön. Und deshalb spionieren Sie uns jetzt nach?» Emma lässt ihre Handkante langsam über ihre Kehle gleiten und streckt ihren Mittelfinger.

«Gewissermaßen ja, Mister Frei.»

Sam hält Ariks dramatische Pause aus, bleibt stumm.

«Es ist so, Mister Frei, meine Kunden sind besorgt, dass noch mehr Steine dieser außergewöhnlichen Qualität und Größe auf dem Markt auftauchen könnten und den Preis zerstören. Über diese Gefahr hatten wir uns ja schon in meinem Wagen unterhalten. Sie erinnern sich sicher?»

«Sicher.»

«Gut Sam, wir haben Ihnen vorgeschlagen, uns darum zu kümmern, diskret und zivilisiert. Damit sind sie doch sicher einverstanden. Wir sind Ihre Freunde in der Sache, das müssen Sie wissen» fährt Arik fort und Sam verzieht angewidert das Gesicht. Plötzlich tut er wieder so vertraut, dieser widerliche Kerl.

«Freunde?», fragt Sam lakonisch.

«Durchaus, Sam. Als Beweis kann ich anbringen, dass wir unseren Auftraggebern nichts von ihrem nächtlichen Tauchausflug auf dem See erzählt haben. Sie haben doch wohl kaum nach Krebsen für das Nachtessen gesucht. Aber das soll uns jetzt nicht kümmern.»

«Was wollen Sie, Arik?» Ein schwerer Brocken legt sich auf seinen Bauch. Er sieht Marie und Emma an. Ihnen scheint es genauso zu gehen.

«Die Sache ist ganz einfach. Sie begleiten uns nach Island und zeigen uns die Stelle, wo sie die Steine gefunden haben, thats all.», meint Arik in beschwingtem Tonfall.

«Ach, und fast hätte ich es vergessen: Dass meine Leute Sie und Ihre Familien bewachen ist einzig und allein zu Ihrer aller Schutz. Wir wollen diese heikle Phase alle gut überstehen, aber wir müssen die Situation schnell bereinigen. Noch habe ich es unter Kontrolle, aber die Geduld ist wohl begrenzt. Es missfällt mir, Sie zu drängen, aber es eilt wirklich. Könnten Sie morgen mit uns abreisen? Ein Jett steht auf dem Flugplatz in Bern bereit und der Fahrer würde Sie morgen früh, sagen wir um sieben, abholen.»

«Kann ich das mit meinen Freunden besprechen und Sie zurückrufen?», fragt Sam und schaut fragend in die Runde.

«Leider nein, Sam. Ich brauche Ihre Zusage jetzt».

«Okay, Mister Arik, wir sind bereit. Aber ich warne Sie! Wenn Sie nicht augenblicklich damit aufhören unsere Familien zu ängstigen, dann... dann Gnade Ihnen Gott!», schreit Emma aufgebracht und lässt sich durch Sams wildes Fuchteln mit den Händen nicht stoppen.

«Die Verbindung scheint nicht so gut zu sein», kommt es aus dem Handy. «Ich habe nur komische Geräusche gehört. Sind sie noch dran, Sam?»

«Ich höre Sie, Arik. Okay, es scheint ja keinen anderen Weg zu geben. Aber danach ist die Sache bereinigt. Geben Sie mir Ihr Wort darauf?», fragt Sam und zeigt mit der Hand fordernd ein Stoppsignal in Richtung Emma.

«Sie haben mein Wort, Sam. Und Sie auch, Emma», antwortet Arik. Zum ersten Mal klingt seine Stimme ernst und echt.

«Dann bis morgen um sieben», erwidert Sam und beendet das Gespräch, ohne eine Antwort abzuwarten.

Elf.

«Ich habe ein ungutes Gefühl bei der Sache. Das scheint nie zu enden», meint Emma und schüttelt ihre Locken. Sie sitzt in einem Schlabberpulli mit verschränkten Beinen Jace gegenüber auf dem Bett.

Jace war gegen acht Uhr mit Piet von dem Tauchausflug zurückgekehrt. Sie waren richtig aufgekratzt, hatten einen tollen Tag mit drei Tauchgängen erlebt und auch fehlende Teile ihrer Ausrüstung eingekauft. Piet hatte Marie ein Set aus Apeks Atemreglern mitgebracht. Er hatte es extra als Geschenk einpacken lassen, aber so richtig freuen kann sie sich nicht darüber; dazu ist die Stimmung zu gedrückt.

Dass Arik und das Syndikat sie nicht in Ruhe lassen, ist das eine, aber dass nun auch ihre Familien mit hineingezogen werden in die ganze Sache, ist einfach nicht akzeptabel. Jace und Piet hatten auch mit Ihren Müttern telefoniert, aber bei ihnen waren Ariks Leute nicht aufgetaucht. Noch nicht.

«Hmm...», brummt Jace, klackt mit seiner Bierdose an ihre und krault seinen Bart. Emma strubbelt seine verfilzten, noch feuchten Haare. Sie kann verstehen, dass er müde ist von dem Ausflug, dem Tauchen, der Fahrt und der Kälte. Die Seen in der Schweiz erwärmen sich zwar im Sommer auf über zwanzig Grad, aber ab zwanzig Meter Tiefe, bleiben sie vier bis acht Grad kalt. Die Kälte macht ganz besonders müde. Das kannten sie alle schon aus Island. Wenn sie den ganzen Tag ein wenig gefroren und danach warm geduscht hatten, brauchte es nicht mal ein Bier, um schläfrig zu werden.

«Scheint dich nicht groß aufzuregen. Kein Wunder, deine Leute sind ja bis jetzt in Ruhe gelassen worden», versucht es Emma nochmals.

Jace setzt sich auf, schaut seiner Freundin in die Augen und streichelt über ihre geröteten Wangen.

«Du hast Angst. Das verstehe ich sehr gut, mein Liebes. Es bleibt uns wohl nichts anderes übrig als abzuwarten, ob die Ruhe geben, wenn sie die Fundstelle kennen.»

«Und wieso glaubst du, sollten sie uns dann in Ruhe lassen?», meint Emma betrübt.

«John hat es mir erklärt: Die Diamantenpreise richten sich nach Angebot und Nachfrage. Langfristig sind die Preise immer gestiegen, weil die weltweite Produktion die Nachfrage nicht decken kann. Die ehemaligen Schwellenländer sind heute Industrienationen und die Menschen leisten sich

Diamanten, um ihren Wohlstand zu zeigen. Gleichzeitig wird es immer schwieriger für die Reichen, Steuern zu umgehen oder ihr Geld aus zweifelhaften Geschäften anzulegen, und sie suchen nach nicht nachweisbaren Anlagen. Da ist eine kleine Kassette in einem Schließfach mit Diamanten im Wert von Millionen eine attraktive Alternative. Diese Investitionen sind nicht nachweisbar, diskret, handlich und auch noch sehr lukrativ. Einen Stein, der im Jahr 2000 etwa fünfzehntausend Dollar kostete, bekommst du heute nur noch für achtundzwanzigtausend», erklärt Jace.

«Ich verstehe immer noch nicht ganz, was das mit uns zu tun hat.», meint Emma.

«Das sind goldene Zeiten für Arik und seine Leute. Doch wenn nun plötzlich wegen unserer Entdeckung das Angebot an Diamanten schlagartig ansteigt ... Das fürchten das Syndikat und all die Schwarzgeldanleger wie den Teufel. Es geht dem Syndikat um die Kontrolle des Marktes, und wenn sie noch die Fundstelle kennen und ausbeuten ... Wie auch immer sie das anstellen wollen – und ich bin sicher, das wollen sie –, haben sie alles erreicht. Dann gibt es eigentlich nichts mehr, was sie von uns wollen könnten, obwohl sie offenbar wissen, dass wir ihnen nicht alle Steine gegeben haben.

Vielleicht hat Arik aber auch nur geblufft. Wie auch immer – ich denke, die paar zusätzlichen Steine sind ihnen den Aufwand nicht wert, davon bin ich überzeugt.», versucht er Emma zu beruhigen, obwohl es eher eine Hoffnung auch in ihm ist als eine Überzeugung.»

«Ja, genau. Das heißt auch, die brauchen uns nicht mehr und wollen vielleicht verhindern, dass wir jemals jemandem davon erzählen können. Weißt du, was ich meine?»

Jace nickt. Soweit denkt er noch gar nicht, aber Emma hat recht.

«Jedenfalls habe ich heute mit John gesprochen und bei ihm scheint alles in Ordnung. Seine Frau hat sich beruhigt und niemand ist bei ihnen aufgetaucht», meint Emma und nimmt einen großen Schluck aus ihrer Dose.

«Du hast mit John gesprochen? Ich habe es in den letzten Tagen ein paar Mal versucht, habe ihn aber nicht erreicht. Das ist ja interessant. Vielleicht will er gar nicht mehr mit mir sprechen und ist sauer.»

«Er ist nicht sauer, nur erschrocken. Arik verfolgt ihn wahrscheinlich bis in seine Träume und erschreckt ihn mit seiner Hakennase», meint Emma und grinst finster. Sie will die Stimmung aufheitern,

Jace zum Lachen bringen, vorbereiten auf das, was sie ihm zu sagen hat.

«Hakennase? Wieso weißt du, dass Arik eine Hakennase hat. Du kennst den doch gar nicht.», fragt Jace.

«Nein, natürlich nicht, Schatz. Keine Ahnung, wie der Typ aussieht, aber ich stelle ihn mir vor mit einer Hakennase, Schweinsäuglein und einem riesigen Bauch. Oder hat Sam mal etwas erwähnt?», sinniert Emma.

«Nicht, dass ich wüsste. Sag, Liebes, hat der Typ dich kontaktiert? Kennst du den? Das musst du mir sagen», hakt Jace nach. Emma ist bei seiner Frage ein wenig rot geworden, das macht Jace skeptisch, denn das wird sie nur, wenn sie etwas angestellt hat und ihr etwas peinlich ist. So gut kennt er sie.

«Es gibt schon etwas, was ich dir erzählen muss», druckst Emma und senkt den Blick. Jace beugt sich vor, um in ihre Augen zu sehen.

«Mein Gott, Emma, WAS musst du mir erzählen?!»

Emma setzt sich aufrecht und mustert Jace eindringlich. Soll sie es ihm erzählen? Ist es der richtige Zeitpunkt?

Jace stammt nicht aus reichem Haus, aber er hat keine Ahnung was es heißt, wirklich kämpfen zu müssen. Er wuchs in einem Vorort von Nottingham auf in einem Arbeiterhäuschen. Sein Vater hatte einen Vorarbeiterjob in einer Stahlfabrik und nun eine bescheidene, aber ausreichende Pension. Jace war gut in der Schule. Das Tauchen lernte er von seinem Onkel. Sie hingegen war gute zwei Klassen darüber aufgewachsen. Bei ihnen zu Hause war Geld nie ein Thema. Das Gesetz der Straße hat sie nie kennengelernt. In ihrer Welt gab es Recht und Ordnung und wenn einmal nicht, dann konnte man das korrigieren und die Polizei einschalten. In seiner Welt musste man sich unauffällig verhalten.

Ist Jace wirklich der Richtige? Sie fühlt immer noch ein Kribbeln im Bauch, wenn er fort war und sie ihn wiedersieht. Sie fühlt sich wohl und sicher mit ihm und seine Familie nimmt sie voller Wärme und Freundlichkeit auf. Aber würde er kämpfen für sie und ihr Kind?

«Ich glaube, ich bin schwanger», verkündet Emma und sieht ihn eindringlich an, um seine erste Reaktion nicht zu verpassen.

«Was?! Wieso?»

«Wie, wieso? Das weißt du sehr wohl, mein Schatz», antwortet Emma und wirft sich lachend auf ihn. Jace stellt die beiden Dosen vom Bett auf das kleine Tischchen daneben. Dann geht er seinerseits zum Angriff über.

«Weil ich immer wieder wie ein Tier über dich herfalle», lacht er und drückt sie an den Händen aufs Bett. Die beiden lieben solche Ringkämpfe, die meistens in einem leidenschaftlichen Liebesakt enden. Wie schön sie ist! Sein Gesicht ist ihr so nah, dass ihre leuchtenden Augen leicht schielend zu ihm aufschauen.

«Bist du sicher?»

«Nein, aber meine Tage sind jetzt schon fast zwei Wochen überfällig. Willst du denn ein Kind mit mir?»

Jace küsst sie leidenschaftlich inbrünstig. Das ist ihr Antwort genug. Seine Hände wandern unter ihren Pulli.

Emma kichert in sein Ohr: «Was? Willst du sichergehen?» Jace zieht ihr den Pulli über den Kopf, es folgt das Übliche.

«Ich kann's noch gar nicht recht glauben», meint er. «Ich freue mich – sehr!», sagt Jace, als er eine schweißnasse Strähne aus ihrem Gesicht streicht und ihre roten Wangen streichelt.

«Hast du keine Angst davor, Papa zu werden? Dann ist es wohl vorbei mit dem Zigeunerleben», fragt Emma leise und kuschelt sich fester an ihn.

Jace zerrt an der Decke in dem zerwühlten Bett, aber bekommt sie nicht zu fassen, da Emma halb auf ihm liegt. Sie hilft und gemeinsam schaffen sie es, sich zuzudecken.

«Nein, gar nicht. Wir haben ja alle Möglichkeiten – jetzt, wo wir reich sind», meint Jace. Doch innerlich rumort es in ihm. Vater werden – passt das in seine Pläne? Eigentlich schon. Er hat sich immer mal wieder vorgestellt, wie es sein würde, ein Kind zu haben, weiterzugeben, was er auf der Welt wichtig findet. Aber jetzt schon? Doch! Wenn nicht jetzt, wann dann? Egal, einfach irgendwie später. Aber wann ist später und was ist denn das richtige Alter, die richtige Lebenssituation? Er findet keine klare Antwort. Wahrscheinlich gibt es den „richtigen" Zeitpunkt gar nie. Es passiert und man hat die Wahl sich einzulassen oder eben nicht. So einfach scheint das zu sein. Gut möglich, dass Menschen nicht so viel anders sind als alle anderen Lebewesen, geht ihm durch den Kopf.

Wenn er heute wählen könnte, würde er Biologe werden, das einzige Fach, das ihn auf der Highschool je interessierte, doch er hatte nie etwas daraus gemacht, konnte es nicht, da das Geld für ein

Studium nicht vorhanden war. Keine Chance zu einer Wahl. Moment, er kann ja jetzt wählen! Jetzt stehen alle Möglichkeiten offen. Warum nicht seinen Interessen folgen, statt sich einem Nebenfeld, dem Tauchen, zu verschreiben? Doch das ist eine andere Schiene, eine andere Dimension des gleichen Gedankens. Hier geht es um etwas ganz anderes, ebenso fundamentales. Wo ist er stehengeblieben?

Genau – die Wahl der Fortpflanzung. Ist es nicht möglich, dass Menschen gar nicht so anders sind als Lachse, über die er viel gelesen hat. Sie werden gezeugt ohne ihr Einverständnis, schwimmen ins weite Meer und folgen einem unwiderstehlichen Ruf, in die Gewässer ihres Ursprungs zurückzukehren. Vielleicht haben sogar die Lachse den Eindruck, sie täten dies aus freiem Willen, um sich dann fortzupflanzen. Nach welchen Kriterien wählt ein Lachsweibchen ihren Partner und umgekehrt? Ist es nicht die gleiche Situation, in der er sich befindet? Es ist passiert und er hat die Wahl, sich einzulassen oder nicht. Und was heißt denn das: sich einzulassen?

Natürlich geht es bei seinen Gedanken nicht nur um Fortpflanzung, um das Kind. Schließlich ist er kein Lachs. Es kommt ja auch darauf an, wer die Mutter ist.

Emma und Jace kennen sich seit ein paar Wochen. Seit wann sind sie in seinem Verständnis ein Paar? Er kann es nicht genau sagen. Sind sie zusammen, seit sie sich zum ersten Mal geliebt haben? Möglich, doch dann hätte er sich schon mit vielen Frauen als Paar fühlen müssen, was nicht der Fall war. Das scheint es nicht zu sein. Als sie begonnen hatten, über ihre Träume zu sprechen, über die Zukunft, wenn sie diese immer mit Bildern schmückten, die sie gemeinsam zeigten? Das war es! Da waren sie für ihn ein Paar geworden.

Plötzlich erinnert er sich – warum auch immer – an seinen Vater, an seine Meinung, als er mit acht Jahren den Wunsch hatte, einen Hund zu haben.

Emma betrachtet Jace aufmerksam, sieht sein gefrorenes Grinsen, während er offenbar in Gedanken eine halbe Weltreise unternimmt, und fragt: „Woran denkst du, Jace? Freust du dich?»

Er antwortet ohne nachzudenken, lächelnd, mit dem Blick irgendwo in der Ferne hängend: «Mir ist gerade in den Sinn gekommen, was mein Vater sagte, als ich so gerne einen kleinen Hund haben wollte.»

«Einen Hund? Wie kommst du jetzt darauf?», fragt Emma irritiert und grinst.

«Na ja, er hat mir erklärt, dass ich nicht mehr einfach tun und lassen kann, was ich will, wenn ich die Verantwortung für einen Hund habe. Dass ich alles, was ich unternehmen möchte, unter dem Aspekt planen muss, ob es auch für das Tier passt, und dass ich jeden Morgen früh aufstehen muss und bei jedem Wetter raus», erklärt Jace.

«Mit unserem Kind wirst du nicht rausmüssen, aber Windeln wechseln», lacht Emma und umarmt Jace.

«Hmm, das werd ich. Ich will meine Verantwortung wahrnehmen und ja – Emma, ich freu mich! Es ist ein urkomisches, kribbliges Gefühl, fast wie ein Abenteuer», sagt er und Emma kuschelt sich noch enger an ihn.

Ob ihre Eltern Jace mögen? Noch kennen sie ihn nicht. Sie hatte ihrer Mutter erzählt, dass sie sich in einen der Taucherkollegen verliebt hat. Das hatte eher eine verhaltene Reaktion ausgelöst. Mutter meinte, so eine Gemeinschaft schweiße sicher zusammen und sie, Emma, werde wohl erst unter normalen Umständen beurteilen können, ob dieser Jace der Richtige sei. Was sie damit meinte, ist klar: Ein Mann muss verlässlich sein und seine Flausen abgestoßen haben, um mit ihm leben oder gar eine Familie gründen zu können. Diese Verlässlichkeit, die Sicherheit erwähnte sie, seit Emma denken kann, wenn sie über Vater sprach. Was ist für sie selber wichtig bei „dem Richtigen"? Wenn sie darüber nachdenkt, was für einen Vater sie sich für ihre Kinder wünscht, ist sie sich einig mit Mutter. Ob Jace sein geliebtes Herumziehen auf der ganzen Welt und das Tauchen jemals wird ablegen können? Sie hofft es, nein – erwartet von Jace, dass er ein richtig guter Vater für ihr Kind wird, dass er für sie da ist, für die neue Familie.

«Wir können uns alles genau so einrichten, wie wir wollen. Wenn wir einen Babysitter brauchen, müssen wir nicht auf das Nachtessen vor dem Kino verzichten, um ihn zu bezahlen. Wir sind wohlhabend, Emma. Wir können auch mit Kindern fast alles tun, was wir wollen. Ist das nicht wundervoll?», meint Jace.

Emma löst sich aus der Umarmung und richtet sich auf. Die Gedanken an die Steine und das Geld holen sie aus den Gedanken an ihre mögliche gemeinsame Zukunft und wie diese aussehen könnte, zurück in die Realität.

«Wir sind immer noch in Gefahr. Ich möchte nicht mein Leben lang auf der Flucht sein, Jace, erst recht nicht mit einem Kind.»

«Wenn Chuck nicht das Spiel von neuem beginnt und seinen Stein zu verkaufen versucht, sehe ich keinen Grund, warum wir weiter in Gefahr sein sollten.»

«Du hast recht. Wir sollten ihn unbedingt informieren, ihn warnen», meint Emma nachdenklich.

«Der wird nicht auf uns hören, aber damit bringt er höchstens sich selber in Gefahr. Meinst du nicht?»

«Kann schon sein, aber sicher sind wir nicht. Das werden wir wohl nie mehr sein. Vielleicht sollten wir das ganze Geld verschenken, die Steine wieder aus dem See holen und Arik zurückgeben. Dann sind wir raus.»

Jace hebt seinen Kopf und schaut Emma in die Augen. «Das ist nicht dein Ernst, oder?»

«Natürlich nicht – wir wären ja immer noch Mitwisser.»

«Puh – da bin ich aber beruhigt. Weißt du eigentlich, was für ein unglaubliches Glück wir haben? Zuerst haben wir diesen Horror mit dem Erdbeben und den Vulkanausbrüchen überlebt, sind heil da herausgekommen mit einem Vermögen in den Taschen, haben mehr als genug Geld in unseren Taschen und nun werden wir auch noch Eltern. Wir haben nicht nur drei Wünsche frei, wir können uns unsere Zukunft so einrichten, wie es uns gefällt.»

«Und wie würde es dir gefallen?», fragt Emma mit einem Seufzer. Jace hat recht und dass er bereit ist, für ihr Glück zu kämpfen und nicht einfach alles wieder aufgeben will, gefällt ihr sehr.

In den folgenden Stunden spielen sie die verschiedenen Möglichkeiten durch. Sie stacheln sich gegenseitig an und überbieten sich mit verrückten Ideen. Von einem Leben auf einer Südseeinsel, wo sie ihre Kinder selber unterrichten und mit dem Geld ein Dorf so richtig toll aufbauen könnten, bis zu einer Farm im südlichen England reichen die Pläne. Allerdings sind Emmas Ideen handfest, zeichnen ein bürgerliches Familienleben, während Jace' Einfälle eher an einen Abenteuerurlaub erinnern. Das würde sie ihm schon noch austreiben, denkt sie.

Sie fühlen sich wie Kinder, die einen ellenlangen Wunschzettel an den Weihnachtsmann ausfüllen dürfen, aber sich auf nur einen Wunsch beschränken müssen.

Es ist schon fast Morgen, als sie schließlich eng aneinander gekuschelt einschlafen. Sie haben sich geeinigt, oder besser Emma hat darauf gedrängt, eine Farm in ihrer Heimat England zu suchen. Ein schönes Haus sollte es sein. Etwas Herrschaftliches mit etwas Land, wo sie Pferde oder Ponys halten können. Nicht zu groß, sodass es nicht zu viel Arbeit macht, aber so, dass sie genügend Platz haben, Freunde oder Familie wochenlang bei sich zu haben. Nicht zu abgelegen und nicht zu weit vom Meer entfernt. Sodass Jace auch weiterhin tauchen gehen kann.

Emma dachte auch an ein Appartement in New York, aber Jace wendete ein, dass dafür schon ihr Anteil draufgehen würde. Er schlug vor, die Hälfte für ein Zuhause zu verwenden und den Rest für ein Leben ohne den Druck, arbeiten zu müssen. Dafür sollten sie ihr Geld zusammenlegen, meinte er und Emma sah ihn fragend an. Jace schmunzelte und kroch aus dem Bett, um sich hinzuknien und ihr einen Heiratsantrag zu machen. Emma war gerührt und sagte kichernd, dass er ziemlich lustig aussehe, nackig vor ihr kniend mit seiner wilden Mähne. Und dass es sich nicht zieme für ein Mädchen aus gutem Hause, einfach so auf einen Antrag einzugehen. Jace kroch lachend wieder zu ihr unter die Decke aber wagte es dann doch zu fragen, wann er denn von der durchlauchten Lady eine Antwort erwarten könne, sie lachte schallend und fiel ihm statt einer Antwort um den Hals.

Als er Emmas ruhige Atemzüge an seiner Seite hörte, wirbelten immer noch tausend Gedanken durch seinen Kopf. Was für ein tolles Leben hatten sie doch vor sich – wenn alles gut ging. Morgen. Und danach ...

Zwölf.

«**G**eschätzte Passagiere, hier spricht Ihr Pilot. Die Landung erfolgt in wenigen Minuten. Wir bitten Sie, sich wieder anzuschnallen. Und ich bitte sie schon jetzt um Entschuldigung, es könnte etwas turbulent werden», ertönt es routiniert aus den Lautsprechern.

Sam beugt sich über Marie, um aus dem Fenster zu sehen. Die Situation erinnert ihn daran, wie er vor gar nicht langer Zeit aus der Schweiz hier auf Island angekommen war.

Ihnen gegenüber sitzen Arik und einer seiner persönlichen Mitarbeiter, so hatte Arik ihn zumindest vorgestellt, als sie sich am Flughafen in Bern getroffen hatten. Ein schweigsamer Mann mit kantigen Gesichtszügen. Kein Schlägertyp wie der Gorilla, den Arik in Zürich zu ihnen geschickt hatte. Der hier schien ein Vollprofi zu sein, hatte Manieren und war wohl auch ein Kampfsportexperte. Das hatte Sam an seinen Reflexen erkannt, als er mit einer blitzschnellen Bewegung das Handy auffing, das Marie aus der Jackentasche gerutscht war, als sie sich die Jacke unter den linken Arm klemmte, um seine ausgestreckte Hand zu schütteln. Er stellte sich als Igor vor, erklärte, er sei zu ihrer aller Schutz da, und schüttelte mit einem kaum sichtbaren

Nicken ihre Hände. Sein Englisch hatte einen osteuropäischen Akzent, war jedoch absolut fehlerfrei, elegant und geschliffen, zumindest in den wenigen Sätzen, die er von sich gab. Er scheint eine Ausbildung in England absolviert zu haben, meinte Sam an einzelnen Ausdrücken zu erkennen. Seither hatte er kein Wort mehr gesprochen, aber sie beide während des dreistündigen Fluges aufmerksam im Auge behalten. Sein Blick war undurchdringlich und mit einem Nicken deutete er Sam an, sich die Sitzgurte anzulegen.

Die Gulfstream taucht in einer eleganten Kurve durch die Wolken und in der Schräglage kann Sam die Umrisse von Island erkennen.

Sie sind seit fünf Uhr auf den Beinen. Marie hatte darauf bestanden, dass er nicht alleine mit Arik nach Island fliegt, um die Fundstelle der Steine zu zeigen. Sie fand es bedenklich, dass Arik sich nicht mit Angaben auf der Karte zufriedengeben wollte und darauf bestand, sich alles vor Ort anzusehen. Piet wollte ebenfalls unbedingt dabei sein und auch Barbu ließ sich nicht lumpen und bestand darauf, Sam zu begleiten.

Emma und Jace, die verschlafen auf den Barhockern in der Küche einen Kaffee schlürften, hatten nur mit den Achseln gezuckt, als sie nach ihrer Meinung gefragt wurden. Die beiden waren verändert, irgendwie anders, erwähnte Marie noch auf der Fahrt in der Limousine. Aber Sam ging nicht darauf ein. Ihn erstaunte mehr, mit welcher Entschlossenheit Marie zuvor Piet erklärte, dass es gar nichts zu diskutieren gäbe und darauf ihre wasserfeste Jacke, die Cargohosen und ihre Wanderstiefel angezogen hatte. So hatte Sam Marie noch nie erlebt, aber in der Limousine war nicht der richtige Ort für eine Diskussion. Die Scheibe zum Fahrer war zwar die ganze Fahrt geschlossen, aber das hieß ja nicht, dass er nicht zuhörte.

Da geht es auch schon los. Unter der Wolkendecke wird die Maschine kräftig gerüttelt und die vier Passagiere halten sich an den Lehnen der üppigen Ledersessel des Privatjets fest.

«Mon dieux!», ruft Marie, als sie in einer weiteren Kurve über Reykjavik fliegen. Sam sieht von seinem Sitz aus nur ganz kurz auf die Stadt hinunter und kann nicht viel erkennen. Er sieht das Entsetzen in Maries Gesicht und auch Arik blickt erschüttert nach unten. Er ahnt, dass von der nördlichsten Hauptstadt Europas nicht viel mehr als ein Trümmerfeld übriggeblieben ist.

Sie ziehen die Reißverschlüsse an ihren Jacken hoch und stülpen die Kapuzen über ihre Köpfe, bevor sie vom Terminal in Keflavik über den Platz zu dem Helikopter stapfen. Der Wind peitscht über die Pfützen auf dem Asphalt. An den Mustern auf dem Wasser ist die Wucht der Böen zu erkennen.

Minuten später sitzen sie in dem Jet Ranger-Helikopter, der sie zum Þingvellir Park bringen soll – jeder mit Fensterplatz, vorne Arik und Igor, sie beide in der hinteren Reihe.

Arik scheint alles im Griff zu haben. Sam grübelt, welche Kontakte er wohl haben mag, um in dem Land, das sich immer noch im Ausnahmezustand befindet, einen Heli organisieren zu können und dann auch noch eine Genehmigung für den Flug. Der Wind kommt aus Westen und der Pilot dreht den Hubschrauber nach dem Start nach Osten, sodass sie nun mit knatternden Rotoren durch die Böen in Richtung Reykjavik taumeln. Ein freundlicher Tag, die Sonne steht hoch am blassblauen Himmel. Der Wind zerreißt die wenigen Wolken in Fetzen. Freundlich für isländische Verhältnisse, aber Sam weiß, dass sich das Wetter auch schnell ändern kann und es nicht ungewöhnlich wäre, wenn sie im Park von Graupelschauern empfangen würden.

Unter ihnen taucht die Altstadt von Reykjavik auf oder besser gesagt, was davon übrig ist. Die Häuser in Hafennähe sind nur noch farbige Holzhaufen. Die Welle hat sie regelrecht zermalmt. Die Harpa stand noch, aber nur noch wenige der glitzernden Fenster, die dem Gebäude den Anschein eines funkelnden Eisbergs verliehen hatten, waren in der Metallrahmenfassade erhalten geblieben. Es sieht aus, als sei das Gebäude von riesigen Geschossen durchbohrt worden und sein Inhalt von den Wassermassen in den Hafen gesogen worden ist. Davor wuseln riesige Bagger, die mit Ihren Schaufeln den Schutt auf Laster kippen.

Die ganze Küstenlinie der Stadt scheint wie von einer riesigen Hand bis zum Hügel, auf dem die Kathedrale steht, vom Land gekratzt worden zu sein. Überall sind orange Blinklichter zu sehen. Auf der behelfsmäßigen Küstenstraße reihen sich riesige Truck aneinander, die vollgeladenen in Richtung der Lavafelder unterwegs, wo sie wohl den Schutt abladen; die leeren stauen sich auf großen Warteplätzen, um zu den Baggern gerufen zu werden.

Marie deutet mit der Hand nach unten. Im Intercom der Kopfhörer hört Sam ihre Stimme, kann sie aber nicht verstehen. Er schaut aus seinem Fenster nach unten und sieht, was sie ihm zeigen will.

In den Querstraßen, die von der Hallgrímskirkja wegführen, stehen Tische und Stühle. Menschen sitzen in der Sonne und trinken Kaffee. Sam schüttelt den Kopf und schaut zu Marie, die zustimmend nickt. Die Isländer sind unglaublich! Mitten in dem

Chaos scheinen sie eine Normalität an den Tag zu legen, die unter diesen Umständen enorm ist. Trotzig bauen sie ihr Leben wieder auf. Sam würde es nicht wundern, wenn sie sogar schon wieder in den Hot Pots, den aus Geothermie gespeisten Warmwasserpools, sitzen würden und sich über Gott und die Welt unterhalten.

Er blickt in Maries feuchte Augen und nickt ihr zu. Die überlebenden Menschen da unten sind nicht in Depression verfallen, auch wenn ihnen die Natur gezeigt hat, dass sie nur geduldet sind und sie sie jederzeit wie kleine Käfer von den Urgewalten zertreten kann. Sie lassen sich nicht unterkriegen, auch wenn sie wohl alle Angehörige und Freunde verloren haben. Das Leben geht weiter und sie sind nicht bereit, den Kopf in den Sand zu stecken. Was für ein Unterschied zu der Situation in Haiti, schießt es ihm durch den Kopf. Dort war noch zehn Jahre nach dem verehrenden Erdbeben alles in Schutt und Asche.

Lag das am Geld? An der Hilfe, die hier in Island wohl ein Vielfaches ausmacht? Oder war es die Mentalität der Menschen, die hilfreich war, um solche Katastrophen zu bewältigen? Das gesellschaftliche Erbe, sich durch Kolonialisierung und Sklaverei hilflos den Umständen zu ergeben, oder von wild entschlossenen Wikingern abzustammen und zu kämpfen – spielt das heute noch eine Rolle?

In Sam tauchen die Bilder der vergangenen Fußballweltmeisterschaft auf, als zehn Prozent der Bevölkerung im Stadion saßen und ihre Mannschaft gegen die Übermacht der anderen Europäer anfeuerten. «Hum – hum – hum – hum!», brüllten sie im Chor und verwandelten die Stimmung im Stadion in eine mittelalterlich anmutende Schlachtszenerie.

Neben Ihnen gleitet die stolze Kathedrale der Stadt vorbei. Wie eine Trutzburg steht sie auf dem Hügel, anscheinend völlig unversehrt. Die Statue von Leifur Eiríksson, dem isländischen Entdecker und Nationalhelden, steht wieder neben ihrem Sockel. Offenbar hatte man sie mit einem Kranwagen wieder aufgerichtet. Mit seinem verkniffenen Gesicht, den Blick auf den Horizont gerichtet, scheint Leifur den unbeugsamen Willen seiner Nachfahren auszudrücken. Wie es wohl Jon Friemann, dem Hobbygeologen, geht? Seit sie ihn hoch oben vor dem Turm der Kathedrale auf der Terrasse verlassen hatten, um sich zum Inlandflughafen durchzuschlagen, hatten sie nichts mehr von ihm gehört.

Nach einer Weile taucht der Cargo Hafen unter ihnen auf. Viele der Container liegen immer noch wie Legosteine verstreut an Land herum oder stecken wie Geschosse in Lagerhallen. Von V18, ihrem ehemaligen Zuhause, ist nur ein Trümmerhaufen übriggeblieben. Marie hält ihre Hand vor den Mund, eine große Traurigkeit und regelrechtes Entsetzen strahlen aus ihren Augen. Über die rund sechzig Kolleginnen und Kollegen hatten sie wenig erfahren. Einige schienen auf ihren Touren mit den Touristen überlebt zu haben und waren in alle Winde verstreut, in ihre Heimat zurückgekehrt. Von dem Team der Taucher hatten sie nur gehört, das Tara und Drakeimmer noch in der Stadt seien und nach Überlebenden forschen. Die meisten sind wohl umgekommen. Einfach grauenhaft, schaudert es Sam. Aber die Informationen sind Wochen her und stammen nur aus dritter Hand, von Chucks isländischen Freunden. Sie sind auch zu sehr mit sich selbst beschäftigt gewesen, um nachzufragen, denkt Sam und sieht Marie an, dass es ihr ähnlich geht. Er nimmt sich vor nachzuforschen, sobald sie wieder Zuhause sind.

Im Hafen und davor stauen sich Frachter mit den Hilfslieferungen und dem Baumaterial. Auf dem Platz stehen Armeelaster. Das englische Militär scheint die Logistik zu organisieren.

Der Helikopter zieht über die Bucht in Richtung Park. Unter ihnen scheint die Landschaft über weite Strecken wie von graubraunem Schnee bedeckt. Der Ascheregen hat das Land mit giftigem Staub bedeckt. An der Landstraße entdecken sie Menschen, die mit Schaufeln und Traktoren die schmierige Soße auf Kleinlaster packen, ihre Häuser und die Straße zum Teil mit bloßen Händen freikratzen.

Neben einem Hof stehen auf einer kleinen Koppel Islandponys um Ballen von Heu. Wie es wohl um die vielen Kühe in den Ställen steht? Die Tiere sind ja schon unter normalen Umständen kaum von dem wenigen Gras, das auf der Insel wächst, zu ernähren. Auf einigen Höfen sind die Herden zu groß und müssen mit importiertem Futter am Leben erhalten werden. Obwohl viele der Höfe autark sind, ihre Energie selber erzeugen, eigene kleine Kraftwerke besitzen oder Notstromaggregate haben für die Melkmaschinen, haben sich wohl in vielen Ställen Dramen mit Notschlachtungen abgespielt. Die wenigen fruchtbaren Böden sind für Jahre durch den giftigen Schlamm unbrauchbar und die Zukunft der Landwirte auf Island sieht düster aus.

Sam bleibt der Mund offenstehen, als der Þing-vallavatn-See auftaucht, oder besser gesagt, die Stelle, wo der See einmal war. Von dem über achtzig Quadratkilometer großen Gewässer ist nur eine riesige, leere Badewanne übriggeblieben. In dem Becken liegt eine braune Schlammschicht – sonst nichts. Die Erdbeben haben riesige Spalten zwischen den tektonischen Platten geöffnet und das Wasser scheint schlicht darin verschwunden zu sein. Auch der wunderschöne Canyon der Silfra ist verschwunden. Statt des Canyons windet sich nur noch ein kleiner Bach vom Gletscher durch ein riesiges Schlamm- und Geröllfeld.

Der Helikopter zieht eine lange Kurve über die Stelle, wo einmal das Visitor Center des Parks gestanden hat. Von dort aus sieht man ins Tal, in dem die Straße nach Reykjavik verlaufen war und nun nur noch eine dreckige, braun klaffende Wunde durch die einst sanften, grünen Hügel verläuft.

Sie sind angekommen. Hier waren sie mit dem Jeep die Straße entlanggerast und hatten sich auf den Hang mit der Mobilfunkantenne retten können. Dort hatten sie die Steine gefunden. Aber ob sie da überhaupt noch etwas finden? Schließlich haben dutzende von Nachbeben Spalten geöffnet oder geschlossen, ganze Hänge sind ins Tal gerutscht.

Was ist, wenn sie rein gar nichts finden und Arik den Eindruck bekommt, sie wollen ihn an der Nase herumführen?

Der Helikopter schwebt über der Betonplattform, auf der einmal die Antenne stand. Sie liegt geknickt über der Bruchkante, an der der Hang in die Tiefe gerutscht ist. Ein Teil des Fußes ist noch in der Verankerung der Betonplatte verschraubt. Igor öffnet die Tür, springt auf die Plattform und landet wie ein Kunstturner vom Reck mit federnden Beinen ohne die geringste Unsicherheit. Arik wirft ihm eine große Tasche mit Ausrüstung zu und bedeutet Marie und Sam, auch auszusteigen.

Marie schaut Sam fragend an. Aus einem schwankenden Helikopter zu springen, ist ihr nicht geheuer. Auch wenn der Hubschrauber relativ ruhig über der Stelle schweben kann, ist jederzeit mit Böen zu rechnen, und wenn sie genau in dem Moment springt, stürzt sie womöglich in den Abgrund. Allerdings kann der Helikopter hier unmöglich landen und je länger sie wartet, desto schwieriger wird es, sich zu überwinden.

Sie lässt sich vom Sitz aus der offenen Tür gleiten und wird von Igor aufgefangen, der sie wie eine Stoffpuppe unter den Armen hält und sacht auf den Boden stellt. Sam rutscht über auf ihren Sitz, springt heraus und stolpert ein wenig bei der Landung.

Igor fast ihn sichernd am Arm, doch lässt er ihn sich selbst aufrichten, als wolle er ihm zeigen, dass er ihn für fit genug hält, um sich selbst zu helfen. Igor schaut Sam und Marie ausdruckslos an und fragt in dem infernalischen Krach des Helikopters mit einem Ring aus Zeigefinger und Daumen, ob alles okay sei. Beide antworten mit demselben Zeichen. Igor scheint auch Taucher zu sein oder kennt zumindest die Zeichen. Er zeigt mit gestrecktem Zeigefinger kreisende Zeichen in Richtung des Piloten, worauf der Heli steil ins Tal fliegt und in Richtung des Visitor Centers verschwindet. Dort gibt es genügend große Flächen für eine Landung.

«Arik wird warten und uns abholen, wenn wir fündig geworden sind», erklärt Igor..

Jetzt, da der Lärm des Helikopters verstummt ist und der rüttelnde Wind der Rotoren aufgehört hat, wirkt die Szene noch unheimlicher. Marie fühlt sich wie auf dem Mond. Hinter ihnen das weite, schwarze Lavafeld in Richtung Stadt, vor ihnen die kilometerlange Bruchkante des Berghangs. Hier war, durch die Erdbeben und die riesige Gerölllawine, der halbe Berg ins Tal gerutscht und vom Wasser in die Bucht gespült worden.

«Hier seid ihr hochgefahren?», fragt sie ungläubig.

«Ja», antwortet Sam, sichtlich bewegt durch die Erinnerungen, die glasklar in ihm auftauchen an dem Ort des Desasters. «Als wir vor der Lawine mit dem Jeep davongerast sind, war hier hoch noch eine kleine Straße.» Er deutet auf die geborstenen Betonplatten, die unter der Plattform noch an den Armiereisen über dem Abgrund hängen.

«Die Straße hier, die nach oben führt, tauchte erst in letzte Sekunde vor uns auf. Die Lawine hätte uns gleich darauf eingeholt und verschlungen. Chucks Fahrkünsten ist es zu verdanken, dass wir überlebt haben», erklärt er weiter.

«Und dann haben Sie die Steine gefunden und sind zu Fuß nach Reykjavik?», fragt Igor mit kehlig klingendem Akzent. Sam kann an der Tonlage nicht erkennen, ob er daran zweifelt oder ob dies eine rhetorische Frage war.

«Ja, es blieb uns ja nichts anders übrig. Es war eine Tortur, durch das Lavafeld mit den spitzen, messerscharfen Steinen zu kraxeln, aber wir haben es schließlich bis zur Küstenstraße geschafft.»

Igor nickt fast unmerklich und Marie schaut mit einer Geste des tiefen Ergriffenseins, einer Hand vor dem Mund, über das Lavafeld in Richtung Reykjavik. Ganz da hinten, fast am Horizont gegenüber der Bucht können sie noch hin und wieder von hier aus die orangen Blinklichter sehen. Sam geht vorsichtig an den Rand der Betonplatte und schaut der Antenne entlang in die Tiefe.

«Da unten, rechts neben der Antenne. Seht ihr die Kratzspuren auf dem Felsen?» Marie und Igor folgen Sams Blick und nicken.

«Da...», will Sam mit krächzender Stimme sagen, doch seine Stimme versagt. Ein großer Kloß steckt in seinem Hals. Er räuspert sich mehrmals, doch bringt er keinen Ton über die Lippen. Als sei es gerade jetzt passiert, kommt schlagartig die Erinnerung in aller Plastizität zurück. Er sieht Simis Augen, in dem Bruchteil einer Sekunde, in der er zu ihm hochblickte, bevor er mit dem Jeep in die Tiefe stürzte. Sam spürt warme Tropfen über seine Wangen rinnen. Maries legt ihre Hand auf seine Schulter, er sieht in ihre traurigen Augen. Er reißt sich zusammen, um sie von dem Schmerz zu schützen, der auch ihn vollends umfasst, wischt mit der Hand die Tränen aus dem Gesicht und sagt mit rauer Stimme: «Da hing der Landcruiser mit dem Heck über der Bruchkante und ist schließlich mit Simi in die Tiefe gestürzt.» Dass Simi einen riesigen, milchigen Stein in der Hand hielt und sich deshalb zu spät hochziehen ließ, verschweigt er, warum, ist ihm eigentlich nicht klar. Marie kennt die Geschichte und Igor würde wohl kaum in der Bucht nach dem Stein suchen wollen. Trotzdem spürt Sam, dass es besser ist, es nicht zu erzählen, dass dort unten mit Sicherheit ein riesiger Diamant liegt. Vielleicht will er damit verbergen, dass sie alle an den Steinen und dem neuen Reichtum so sehr hängen, dass zumindest einige von ihnen sogar ihr Leben dafür riskieren und ihnen deshalb nicht zu trauen ist. Stimmt das? Sind sie alle geldgierige Geier?

Sam schüttelt die Gedanken ab und zeigt auf die Absturzstelle. Marie und Igor schauen gebannt in die Richtung.

«Der arme Simi», murmelt Marie. «Friede seiner Seele. Warum hat...» Sie sieht Sams Blick, sein kaum sichtbares Kopfschütteln und verstummt.

«Da unten haben Sie die Steine gefunden?», fragt Igor ungerührt, während Marie auf der braunen, schmierigen Platte vorsichtig näher an die Kante geht, sich an Sams Hand festhält und kopfschüttelnd nach unten blickt.

Sam nickt. Igor holt die Tasche und packt Seile und Klettergurte aus. Er steigt in einen der Gurte, zurrt die Bänder an seinen Oberschenkeln fest, deutet auf den zweiten und geht mit dem Seil an das Fundament der Antenne, um es dort an dem Metall festzuzurren. Sam steigt in den zweiten

Klettergurt und schlauft das Seil durch die Seilbremse. Sie stehen an der Bruchkante.

Marie geht auf Sam zu, umarmt ihn fest und flüstert: «Sei vorsichtig.» Sam nickt und steigt einen Schritt nach unten, während Igor die Tasche als Reibschutz unter das Seil legt. Dann steigt er Sam nach. Das Gestein ist lose und es ist schwierig, Halt zu finden. Zudem ist die schmierige Ascheschicht extrem rutschig. Sie steigen abwechslungsweise mit genügen Abstand nach unten. Sam schaut in die schmalen Spalten des Gesteins aber kann nichts entdecken. Seine Hände zittern und auch die Knie schlottern, sodass es schwierig ist, mit den Füßen Halt zu finden. Obwohl in der Schlucht unter ihm, die einmal ein weiches Tal war, nur ein kleines Rinnsal seinen Weg um riesige Felsbrocken sucht, lässt ihn der Anblick schaudern. Bilder der tosenden Schlammwand, die wie eine wilde Bestie hinter ihnen hergerast war, um sie zu verschlingen, tauchen auf. Das Wohnmobil mit den Menschen, die Sekunden, nachdem sie an ihnen vorbeigerast waren, zermalmt wurden und von denen niemand je auch nur die kleinste Faser finden würde.

Sein Unterbewusstsein schreit: «Weg hier!», will seine Bewegungen nach unten stoppen.

«Alles okay? Brauchen Sie Hilfe?», hört Sam Igors Stimme, als müsse er mitleidig und gelangweilt einem Anfänger in der Kletterwand helfen. Sam nickt nach unten und versucht, mit dem Fuß den nächsten Halt zu finden.

«Links neben ihrem rechten Fuß», instruiert ihn Igor und lehnt sich vor, um ihn zu leiten. Sam tastet sich mit zitternden Beinen vorwärts, versucht sich auf das Klettern zu konzentrieren, redet sich in Gedanken gut zu. «Ich bin gesichert. Es kann nichts passieren und wir wollen das jetzt hinter uns bringen. Reiß dich verdammt noch mal zusammen, Sam!» Es scheint zu wirken und langsam tastet er sich weiter nach unten.

Als er schließlich unten auf dem Felsen ankommt, dort, wo der Jeep gehangen hatte, gibt ein Stein unter Igors Füßen nach und poltert nach unten. Sam kann gerade noch rechtzeitig zur Seite schnellen, um nicht von Stein getroffen zu werden, aber es rutscht immer mehr Gestein nach. Er springt zur Seite, um der kleinen Lawine auszuweichen, wird aber von einigen Steinen getroffen. Igor hängt an dem Seil und sieht prüfend nach unten.

«Alles gut, nichts passiert», keucht Sam und winkt nach Marie zu, die besorgt über die Kante schaut.

Ihr stockt der Atem. Einen Moment lang schaut sie wie gebannt nach unten, dann spürt sie eine unbändige Wut in sich hochsteigen. Wäre Sam, dieser Idiot, jetzt in Reichweite, würde sie ihm eine kräftige Ohrfeige verpassen und auf seine Brust einhämmern. Was tut er da, um Himmels willen?! Was tun sie beide hier? Verdammt nochmal!

Sie beißt in ihre Faust, schaut gebannt nach unten und begreift, dass sie nichts tun kann. Auf einmal rutscht die brennende Wut aus ihrer Brust in ihren Bauch und verwandelt sich dort in einen Abgrund ziehender Angst. Ja, stumme Angst – das ist es, was sie fühlt.

Sie will diesen Mann da unten auf gar keinen Fall verlieren. Das wäre wie einen Teil des eigenen Lebens zu verlieren. Verwundert schüttelt Marie über diese Erkenntnis den Kopf. Plötzlich ist es so glasklar: Sie will mit Sam zusammen sein, ihr Leben, ihre Zukunft mit ihm teilen, will sich ganz auf ein WIR einlassen. Sie will nie mehr diese Wärme, die Vertrautheit zwischen ihnen missen. Ein völlig unbekanntes Gefühl, das sich neben der Angst ausbreitet. Eine Gewissheit und Klarheit, wie sie es noch nie auch nur im Ansatz bei anderen Beziehungen und Liebschaften empfunden hat. Fühlt es sich so an, wen man jemanden liebt? Keine Antwort von ihrer sonst immer reibungslos funktionierenden Vernunft. Sie versucht, diese seltsamen Gedanken wegzuschieben. Zuerst muss Sam unversehrt wieder hochkommen, dann ist immer noch genug Zeit, um darüber nachzudenken. Erstaunt bemerkt sie, dass sie lächelt. Es fühlt sich einfach so unbeschreiblich an, wie eine völlig neue Welt, ein neues, prallvolles und wunderbares Leben. Sie fühlt sich trotz der prekären Lage rundum glücklich, ganz und gar nichts anderes im Leben zu benötigen als diesen einen Menschen, doch gleichzeitig führt dieses Glück viele Ängste mit sich im Gepäck. Sie möchte es festhalten, dieses Glück, ihn festhalten, für immer und ewig, auch wenn doch nichts auf dieser Welt bleiben kann, wie es ist. Wie um alles in der Welt konnte das geschehen?

Das Prasseln des nachrutschenden Gesteins lässt nach.

«Sam?!», schreit Marie nach unten und hört, wie ihre Stimme klingt, als würde sie ihn aus dem Flughafenterminal kommen sehen, wo sie ihn erwartet hat. Als würde sie nun zu ihm rennen, um ihn wild zu umarmen, an ihm hochzuspringen und ihn für ewig zu küssen.

«Alles in Ordnung, Marie! Geh nicht zu nah an die Kante!», schreit Sam zurück.

«Potomu chto. Hier. Kommt hoch!», ruft Igor mit kalter, unbewegter Stimme und deutet in eine Spalte neben ihm. Obwohl er nicht den Hauch einer Gefühlsregung zeigt, signalisiert sein Wechseln in die Muttersprache, dass er etwas Besonderes entdeckt haben muss.

Sam steigt mühsam die paar Meter zurück zu Igor. Die Bruchkante ist zwar nicht senkrecht, aber bietet kaum Halt. So muss er sich an der Seilbremse hochziehen und bei jedem Schritt versuchen, festen Stand zu finden, um die Seilbremse wieder hochzuschieben. Schließlich kommt er auf der schmalen Kante an.

Igor deutet in eine enge Spalte etwa zwei Meter entfernt. Tatsächlich! Ein Stück unterhalb sieht nun auch Sam weiße Steine. Igor hängt seine Bremse aus und versucht vorsichtig, um Sam herumzusteigen. Sam schüttelt energisch den Kopf. Das ist extrem riskant, aber bevor er protestieren kann, ist Igor schon unter ihm, hält sich an seinem Unterschenkel fest und schlauft seine Seilbremse wieder an das Seil.

Wie ein Auftragskiller, der seinen Job erledigt, ohne jegliche Emotionen abdrückt, danach den Puls des Opfers fühlt, um sicher zu sein, dass er den Auftrag korrekt ausgeführt hat, war er ruhig und souverän um Sam herumgestiegen. Dieser Mann schien ohne sich auch nur die geringsten Gedanken über die eigene Sicherheit geschweige denn die von anderen, einfach nur seinen Auftrag auszuführen. Dafür war er ausgebildet, topfit trainiert und wahrscheinlich hatte man ihm sogar eingeredet, für genau solche Situationen geboren worden zu sein. Das ist eine andere Kategorie, eine völlig andere Dimension als der Gorilla, der von Chuck ausgetrickst worden war. Es scheint, Arik hat aufgerüstet, will keine Risiken mehr eingehen. Was ist, wenn solche Leute wie dieser Igor in Zukunft bei ihnen auftauchen und ihre Familien aufsuchen, schießt es Sam durch den Kopf. Doch dann sieht er das Glitzern in Igors Augen. Trübt der Anblick auch seinen Verstand wie damals bei Simi?

Igor greift in die Spalte, hält einen Stein gegen das fahle Licht und betrachtet ihn mit offenem Mund.

Sam kommt es vor, als stünde die Zeit still. Diese kalte, sich an der Oberfläche zivilisiert und beherrscht gebende Kampfmaschine scheint aus der Rolle zu fallen. Der Anblick drückt auf einen verborgenen und gut gehüteten Knopf in seinem Inneren. In Sekundenbruchteilen scheint sein Gehirn wie damals bei Simi, die gesamte Biografie und den weiteren Verlauf umzuschreiben. Alles, was noch nicht einmal in seinen kühnsten Träumen auftauchte, rauscht nun wie in einem rasanten Zeitraffer durch sein Bewusstsein. Ein neues, selbstbestimmtes Leben, in dem alles möglich ist, was er sich noch nicht einmal vorstellen kann. Alle Rezeptoren im Gehirn werden mit so viel Dopamin, Serotonin und was auch immer überflutet, dass er sich fühlt wie Arnold Schwarzenegger.

Nach Sekunden, die Sam wie Stunden vorkommen, schüttelt sich Igor schnaubend und nickt mehrmals zufrieden. Nicht nur, weil er seine Mission erfüllt hat, da ist sich Sam sicher. Da war viel mehr in seinen Augen, doch er scheint seine Kontrolle wiedergefunden zu haben.

Der Stein verschwindet in der Seitentasche seiner Hose und er greift weiter in die Spalte, um Steine herauszuholen. Er rüttelt hektisch an der Kante der Spalte, um sie zu erweitern. Verdammt – so ganz scheint er sich doch nicht unter Kontrolle zu haben! Wie ein Hund, dem man versucht seinen Knochen wegzunehmen und der knurrend signalisiert, auf keinen Fall loszulassen, reißt und rüttelt Igor an der Steinkante.

«Lass gut sein, verdammt! Das ist alles extrem instabil! Du hast doch jetzt den Beweis, dass es hier Steine gibt!», ruft ihm Sam ungehalten zu. Doch Igor steigt etwas höher, um mit seinem

Wanderstiefel gegen den Rand der kleinen Spalte zu treten. Dieser Rand gibt tatsächlich nach und rutscht nach unten. Sam kann sich knapp festhalten und wird durch das pendelnde Seil hin und her gezogen. Von oben hört er einen spitzen Schrei. Marie ist außer sich vor Angst. Er sieht, wie das Seil unter ihm über eine Lavakante reibt, schon entstehen Fusseln an der Reibstelle. Noch zwei, drei Pendelungen und der scharfkantige Felsen hat das Seil durchgescheuert.

Igor scheint es bemerkt zu haben und krallt sich mit allen Vieren gegen den Felsen, um das Pendeln zu stoppen. Es funktioniert, das Seil hängt ruhig nach unten. Igor zieht sich am Seil hoch bis zu der Kante und hält sich am Felsen fest. Die Seilbremse kommt nicht über die aufgescheuerte Stelle. Sam sieht entsetzt zu, wie Igor sich mit der freien Hand losmacht, die Seilbremse darüber wieder einklinkt und sich über die Kante zieht. Der Mann hat Nerven! Er will nur noch nach oben und heraus aus dieser lebensgefährlichen Lage. Diese Steine sind ein Fluch und er wünschte, sie hätten sie nie gefunden. Seit dem Fund ist er alle paar Tage in Lebensgefahr!

Mühsam zieht sich Sam am Seil über die Kante und krabbelt auf allen Vieren auf sicheren Boden. Marie steht hilflos daneben, doch als sich Sam aus dem Seil ausklinkt, seine Kletterhose aufklickt und sich zu Boden fallen lässt, kann sie nicht mehr an sich halten. Sie wischt ihm mit den Händen den Dreck aus dem Gesicht, möchte ihn nur einfach nur umarmen und festhalten. Stumme Tränen kullern über ihre Wangen. Sam schaut hinüber zu Igor, der verzückt dasteht und Sam und Marie einen der Steine hinhält. Seine Hände sind dreckverkrustet und bluten. Auch aus Kratzern in seinem Gesicht sickert Blut und die Hosen an seinen Knien sind dunkelrot gefärbt. Die Diamanten scheinen nicht nur seinen Verstand getrübt zu haben, er scheint auch nichts zu spüren.

«Du hast recht gehabt, alter Mann. Da sind tatsächlich Rohdiamanten in der Lava. Wahrscheinlich gibt es massenhaft davon in diesem Bergrücken», brummt er.

«Wie schön du bist, mein Kleiner», raunt Igor. Er schaut den Stein an wie ein verliebter Teenager und Speichel rinnt aus seinen Mundecken.

Sam schüttelt angewidert den Kopf. «Wie, ich habe recht gehabt, du Eierkopf?! Meintest du, wir hätten das erfunden und einen Juwelier geplündert?»,

Er schaut zu Marie. Sie schaut ebenfalls mit glitzernden Augen wie gebannt auf die Steine. Nun weiß sie also auch, woher die Steine stammen und damit eine Person mehr in dieses irre Spiel verwickelt. Neben Sam, Marie und den anderen kennen nun auch Igor und Arik das Lager des Reichtums. In Maries Gedanken läuft allerdings ein anderer Film ab als Sam vermutet. In ihr steigen Bilder eins neuen Lebens auf, aber nicht mit den Steinen als eine Quelle des Glücks, sondern der Gefahr.

«Nun haben wir Gewissheit, das ist alles», meint Igor lakonisch, steckt den Stein wieder in die Tasche und greift zum Funkgerät in seiner Jacke. Er scheint den inneren Exkurs zu seinen wahren Träumen gestoppt zu haben und die Gehirnwäsche seiner Ausbilder scheint wieder zu greifen. Der Job ist, den Beweis für die Herkunft der Steine zu finden und den kann er liefern. Das ist seine Mission. Alle Fragen darüber hinaus sind für einen wie ihn tödlich. Dafür wurde er nicht engagiert. Auch wenn er ein renommierter Profi ist, hier ist die Grenze und die zu kennen ist die einzige Möglichkeit, in diesem Job alt zu werden, wenn man früh genug aussteigt.

Maries Blick folgt Igors Hand zur Tasche. Sam sieht sie verwundert an. Ihre Augen sind groß und dunkel, doch das Glitzern ist verschwunden. Da sind Wärme und Erleichterung, keine unbändige Lust nach mehr. Ist sie einfach nur froh, ist dieser Trip erfolgreich beendet ist?

Stunden später stapfen Marie und Sam über das Rollfeld des Flughafens Bern in Richtung Terminal. Es ist nach Mitternacht und sie sind wieder dort, wo sie vor fast vierundzwanzig Stunden aufgebrochen waren.

Marie wollte, nachdem sie mit dem Hubschrauber wieder in Keflavik gelandet waren, noch auf Island bleiben. Sie wollte Jon suchen und schauen, ob sie sonst noch jemanden finden konnte. Arik wäre einverstanden gewesen, aber Sam wollte zurück, weg von der Insel, dem Chaos und der Zerstörung. Die Aussicht, später kaum einen Rückflug zu finden und vielleicht per Schiff wieder heimfahren zu müssen, hatte Marie schließlich umgestimmt. Kurz vor dem Abflug in Keflavik war Sam noch zur Toilette gegangen. Als er zurückkam, sah er Marie mit Arik sprechen. Arik streichelte nickend ihren Oberarm, Marie nickte zurück und sie schüttelten sich die Hände. Was Sam irritierte, war Maries Reaktion, als er schließlich vor ihnen stand. Sie wich schnell einen Schritt zurück und strich sich nervös die Haare aus dem Gesicht. Zuckersüß lächelte sie ihn an und hängte sich an seinen Arm. Sie klagte im Plauderton über das scheußliche Wetter in Island fragte Sam, ob in der Schweiz schöneres Wetter zu erwarten sei. Sam fragte nicht, was sie mit Arik besprochen hatte und was der Handschlag bedeute. Er hatte den Eindruck, dass sich Arik und Marie kennen. Aber woher? Sie hatten sich doch heute Morgen zum ersten Mal gesehen.

Er hatte sich gefragt, ob ihn die Steine, der erwartete Reichtum völlig verwirren und er an Verfolgungswahn leide. Wahrscheinlich hatte Arik ihr doch nur versichert, dass nun alles vorüber sei und zur Bestätigung die Hand geschüttelt.

Sam weiß nicht, was er glauben soll. Er hat Angst, sich vor Marie lächerlich zu machen, wenn er die Situation mit Chuck vor ein paar Tagen anspricht, als die beiden sich wie im Verborgenen hinter seiner Terrasse unterhalten hatten. Und nun den Handschlag mit Arik. Vielleicht würde sie ihm sein Misstrauen so übelnehmen, dass sie verlässt. Das war es¨ Das war der Grund, wieso er seine Zweifel mit ihr nicht klärt.

Diese Erkenntnis deprimiert ihn. Ist er immer noch nicht weiter? Ist seine Verlustangst immer noch größer als das Bedürfnis zu klären, ob er vielleicht betrogen und hintergangen wird? Er gesteht sich ein, lieber hereingelegt als verlassen zu werden – so schlimm auch das sein mag. Er liebt diese Frau, selbst wenn es seinen Untergang bedeutet. Doch vielleicht sind diese Zweifel nur genährt von seiner mangelnden Vertrauensfähigkeit, kommen aus alten Erfahrungen und Verletzungen und nicht aus der Realität.

Ein paar Stunden später sitzen sie im Wohnzimmer in Sams Haus und genehmigen sich einen Schlummertrunk. Emma und Jace sind noch nicht schlafen gegangen. Sie wollen unbedingt erfahren, wie es gelaufen ist. Barbu steht an der Bar, mixt Drinks und streicht Brötchen für alle. Als Marie fragt, wo Piet denn sei, schüttelt Emma betrübt ihre blonden Locken.

«Was ist denn los?», fragt Sam.

«Hmm – Piet hat heute Nachmittag seine Sachen gepackt und ist in den Zug gestiegen», antwortet ihm Jace mit belegter Stimme.

«Ohne sich zu verabschieden?», fragt Marie ungläubig.

«Ich glaube er hatte einen Anruf von zu Hause. Einem Freund vielleicht, ich weiß es nicht. Er wollte es nicht sagen», antwortet Emma.

«Und dann ist er einfach abgehauen?»

«Ja, er stand plötzlich mit seiner Tasche vor uns, meinte, große Abschiede seien nicht sein Ding, wir sollen euch grüßen und er würde sich melden», erklärt Jace.

«Ist ja komisch», bemerkt Sam.

«Schon irgendwie, aber was soll's. Er wird sich schon melden. Aber jetzt erzählt doch mal, wie es gelaufen ist», schaltet sich Barbu ein, greift sich ein Brötchen und hält den Teller den anderen hin.

Marie erzählt von der Zerstörung, die immer noch auf Island sichtbar ist. Dass sie die Stelle mit der Diamantenader gefunden haben und Arik schließlich gemeint habe, es sei nun alles für sie zu Ende, sofern sie keine Dummheiten machen würden, worauf vor allem Emma genervt und wütend reagiert. Doch sie beruhigt sich wieder und die Müdigkeit übermannt sie alle an dem schon recht fortgeschrittenen Abend. Bevor sich alle aus ihren Sesseln und dem Sofa erheben, verkündet Emma: «Ich muss euch auch noch etwas mitteilen ...». Sie schaut in erstaunte Gesichter. Barbu kommt wieder von seinem Weg ins Badezimmer aus dem Flur zurück.

Alle sitzen gespannt da und warten auf die Neuigkeit. Emma lächelt verlegen also muss es etwas Positives sein, denkt Sam. Sie druckst herum, bis Marie fragt: «Was hast du uns zu erzählen, liebe Emma? Nun sag schon. Hast du obendrein zu unseren Millionen im Lotto gewonnen?»

Emma prustet los und schüttelt den Kopf: «Das hätte gerade noch gefehlt – noch mehr Ärger mit Geld!»

«Na hör mal, wenn Du Geld loswerden willst, ich melde mich freiwillig», wirft Bardu in das Gelächter ein.

«Nein, es ist ganz etwas anderes ...», fährt Emma fort, als sie sich wieder beruhigt hat.

Sie geht zu Jace, nimmt seine Hand und verkündet mit leiser Stimme: «Es ist so ... Ich glaube, ich bin schwanger. Jace und ich haben uns geeinigt, wieder nach England zu ziehen. Das Zigeunerleben hat ein Ende. Wir gründen eine Familie!»

Barbus sonst oft so traurige Miene hellt sich auf. Er geht mit strahlendem Gesicht auf Emma zu, umarmt sie und wendet sich zu Jace. Er ohrfeigt ihn sanft, legt seine Stirn an seine und raunt: «Herzlichen Glückwunsch, mein Freund. Ich freue mich für dich – sehr sogar.»

Sam sieht Jace an und ist sich bezüglich des Aufgebens seines Zigeunerlebens nicht so sicher. Trotzdem ruft er laut: «Wooow!»

Marie setzt sich neben Emma und umarmt sie. Sam schaut prüfend in Jace Gesicht. Es erhellt sich und er nickt verlegen. Zumindest scheint er vorzuhaben, sich von seinem Vagabundendasein zu verabschieden. Die Frage ist nur, wie lange so etwas gut gehen kann, geht es Sam durch den Kopf.

«Und wann reist ihr ab? Ich meine, wann können wir euch besuchen? Und gibt es eine Hochzeit?», fragt er.

«Das wissen wir noch nicht, aber wer weiß», zwinkert Jace Sam zu.

«Ihr müsst alle kommen. Wir suchen uns ein schönes, einfaches Landhaus und werden es uns gemütlich einrichten. Ich will versuchen, Ponys zu züchten und, und und ...», erklärt Emma mit roten Wangen.

«ICH komme ganz sicher. Dann können wir über die alten Zeiten labern und über die Abenteuer, die wir zusammen erlebt haben», erwidert Marie und drückt Emma fest an sich.

Marie hat nicht von „Wir" gesprochen, denkt Sam nachdenklich. Es scheint, dass sich die Freunde in alle Winde verziehen. Das stimmt ihn wehmütig. Für ein paar Wochen hatte er das Gefühl, echte Freunde gefunden zu haben und eine Frau, die zu ihm passt. Ob es nur der Reichtum war? Oder hätten sich ihre Wege sowieso getrennt, auch wenn auf Island nichts passiert wäre? Kein Drama, kein Diamantenfund, keine Erpressungen? Wahrscheinlich. Schließlich könnte er von einigen fast der Vater sein und er selbst hätte wohl in ihrem Alter wohl kaum einen weit über Fünfzigjährigen als seinen Freund bezeichnet. Trotzdem haben sie in den letzten Wochen Momente von inniger Nähe erlebt. Doch vielleicht ist das nur für ihn so gewesen, wer weiß. Immer noch hat er nicht den Mut, Marie nach ihren wahren Gefühlen zu fragen.

Sein Blick ruht ausdruckslos auf den kleinen roten und weißen Lichtern am anderen Seeufer, während er mit halbem Ohr hört, wie Emma und Marie aufgeregt über Schwangerschaft, Kinder und Familie sprechen. Jace und Barbu sind auch nicht mehr dazu aufgelegt, schlafen zu gehen, und unterhalten sich über das Tauchen, wo sie noch überall nicht gewesen sind, sie aber unbedingt noch hin wollen.

Sam fühlt sich schwer und müde. Eigentlich müsste er glücklich sein. Er hat genug Geld, um nie mehr einen dieser unsäglich langweiligen Jobs annehmen zu müssen. Er ist frei, muss auf niemanden Rücksicht nehmen. Er kann reisen, wohin er will, vielleicht irgendwo als Tauchlehrer arbeiten, wenn er Lust dazu hat. Nur so zum Spaß. Aber wird es wirklich Spaß machen? Wird er nicht einfach wieder abhauen, weiterziehen, wenn geringste Schwierigkeiten auftauchen? Schließlich war er nie auf das Geld angewiesen. Er fühlt sich plötzlich beraubt. Das Gefühl, etwas erreichen zu müssen, sich durchzusetzen, ein Ziel zu haben, so mühsam das oft war, hatte ihm immer Kraft und Sinn gegeben.

Bald wird wohl auch Barbu abreisen und dann wird sich die Situation, die Zukunft mit Marie klären. Die Anzeichen sind eigentlich klar, sinniert er. Es wird keine geben. So hat er sich schon immer auf wichtige Fragen in seinem Leben vorbereitet: immer den maximal schlimmsten Fall annehmen, dann kann es nur besser werden.

Dreizehn.

Marie und Sam sitzen in der Sonne in dem kleinen Café gleich hinter dem Ostbahnhof. Gestern hatten sie gemeinsam Emma und Jace auf den Zug gebracht.

Sie freuen sich für die beiden, die mit froher Erwartung in die Heimat reisen. Fast hätte Sam sich ein Herz gefasst und Marie nach einer gemeinsamen Zukunft gefragt, doch dann verließ ihn doch noch der Mut. Marie wurde, sobald der Zug aus dem Bahnhof gefahren war, still und als er sie nach ihren Gedanken fragte, meinte Marie, dass sie die beiden nicht beneide. Von zu Hause wegzugehen, um etwas Neues anzufangen, sei ihrer Erfahrung nach einfacher, als sich daheim wieder zurechtzufinden. Und natürlich würde sie Emma vermissen. Marie sah also eher Schwierigkeiten für die beiden, nicht das gemeinsame Glück. Ein paar Hürden haben sie ja tatsächlich zu überwinden. Jedenfalls schien es Sam nicht der richtige Zeitpunkt, sie auf eine gemeinsame Zukunft anzusprechen, zumal Marie die Familiengründung der Freunde offenbar nicht gerade in rosigem Licht sah.

Jace und Emma haben vor, mit dem Zug und der Fähre nach England zu reisen. Die Aussicht darauf, dass bei der Sicherheitskontrolle am Flughafen in ihren Koffern ein Bündel Geldscheine zum Vorschein kommen könnte, hatte sie bewegt, mit dem Zug zu reisen. Zumindest bis an die Grenze von England würde es auf diesem Weg keine Kontrollen geben. Jace hatte einen Freund gebeten, sie in der Nähe von Calais mit seinem Fischtrawler abzuholen und sie dann in seinem Heimathafen in Dungeness auf englischem Boden von Bord gehen zu lassen. Dort würden sie kaum kontrolliert werden, wenn sie mit dem gelben Ölzeug an Land gehen würden. Freunde fragen nicht – dafür hatte man sie schließlich. Jace hatte jedoch versprochen, für den Treibstoff, den Diesel zu bezahlen und sein Freund hatte eingewilligt.

Sam hatte ein gutes Gefühl bei dem Plan. Als er fragte, ob Marie sich nicht freue für die junge Familie, meinte sie nur lakonisch: «Wir werden sehen, ob sie es schaffen.» Er hatte sie in den Arm genommen und sie waren, jeder in seine Gedanken versunken, nach Hause geschlendert, um nach Barbu zu sehen. Der Verlust von Simi versenkt ihn immer wieder in tiefe Trauer.

Sam stellt, einen Blog auf seinem Handy lesend, seine Tasse Cappuccino tastend auf den Tisch zurück, als ihn etwas irritiert. Sie hatten beschlossen, ein wenig die Sonne zu genießen, sich zu entspannen und gemeinsam einen Kaffee trinken zu gehen. Normalität – das fehlte ihnen allen nach den Erlebnissen.

Er schaut auf und betrachtet die Gruppe schnatternder Chinesen, die sich mit ihren Rollkoffern um ihre Gruppenleiterin scharen. Alles wie immer. Es herrscht ein ständiges Kommen und Gehen an dem kleinen Bahnhof. Interlaken ist der Ausgangspunkt für Ausflüge in die Alpen oder in die Uhrengeschäfte des Städtchens. In den letzten Jahren kommen immer mehr Gäste aus China. Nichts Besonderes also – Normalität eben. Wohltuend langweilig. Er will sich gerade wieder seinem Handy widmen, als er ihn sieht.

Ungläubig schaut Sam über Marie hinweg, die auch in ihr Handy vertieft ist und sich genüsslich die warme Sonne auf den Rücken scheinen lässt. Er betrachtet sie, wie sie vertieft mit einer Hand eine Locke in ihrem Haar dreht, über die Ränder ihrer Sonnenbrille blickt und durch ihre Nachrichten scrollt.

Der Mann am Aufgang der Unterführung kommt auf sie zu. Mit seinen Springerstiefeln, der Cargohose, der großen Sonnenbrille und der Wollmütze fällt er auf unter all den Touristen. Mit dem großen Seesack über der Schulter sieht er aus wie ein Matrose auf Landurlaub. Diese forschen, ausholenden

Schritte und das Grinsen kennt Sam doch! Ist das tatsächlich Chuck, der da auf sie zu stiefelt?

Verwirrt fragt er sich, ob er jetzt schon Gespenster sieht oder träumt. Was will der hier? Warum kommt er zurück? Sam schluckt und kontrolliert seine Aufregung, so gut es geht. Was geht hier eigentlich vor? Seine Gedanken überschlagen sich.

«Hast du was von Chuck gehört?», fragt Sam, ohne Marie anzusehen, seinen Blick fest auf den Typen gerichtet, der auf sie zusteuert.

Sie schiebt ihre Brille auf die Nasenspitze und schaut ihn genervt an.

«Was soll das, Sam? Bist du eifersüchtig? Wenn ich ihn gesprochen hätte, hätte ich es dir gesagt. Das ist jetzt das dritte Mal, das du mich fragst, seit er weg ist.»

«Hmm...», brummt Sam. Chuck nähert sich dem Tisch so, dass Marie ihn nicht sieht, und legt mit Blick auf Sam den Zeigefinger an seine Lippen, aber Sam ist sowieso sprachlos. Er starrt Chuck an und bringt kein Wort heraus.

«Echt, chérie, was ist los mit dir?» Marie legt das Handy auf den Tisch, steckt die Sonnenbrille auf die Stirn und breitet fragend die Hände aus. Was ist nur los mit ihm? Er schaut sie nicht einmal an, scheint ganz woanders zu sein mit seinen Gedanken.

Etwas vom Zauber zwischen ihnen hat zu bröckeln begonnen, denkt Marie. Die Momente, in denen sie sich vertraut in den Armen liegen, sind weniger geworden. Wenn sie seine nackte Haut berührt, fühlte es sich an als trage er einen Neoprenanzug. Sie kann ihn immer weniger spüren, das bildet eine Distanz zwischen ihnen.

¨Sam legt eine Schutzschicht um sich und sie weiß nicht warum. Zuerst dachte sie, es sei einfach wegen allem, was passiert war, dass die schlimmen Erlebnisse seine Gefühle gefangen nehmen. Er stellt manchmal komische Fragen, ohne das sie weiß, worauf er hinaus will, auch in Bezug auf Chuck. Und obwohl sie ihn über die kurze Affäre vor seiner Zeit aufgeklärt hat, bleibt die Distanz. Zuerst machte es sie traurig, jetzt nervt es sie zunehmend.

Sie spürt, wie sich das warme Gefühl zu ihm abkühlt. Es macht sie besorgt und traurig und sie weiß keinen Weg, Sam dazu zu bewegen, sich zu öffnen. Es fühlt sich an, als würde er etwas vor ihr verbergen. In letzter Zeit macht sich ein Gefühl der Wut in ihr breit. Vielleicht hat sie sich doch nur etwas vorgemacht und die Klarheit in ihr, als Sam auf Island mit Igor über die Kante geklettert war, erweist sich als Täuschung. Vielleicht waren die Gefühle nur durch die Gefahr entstanden und nicht dadurch, dass sie sich traute, jemanden zu lieben, ihm voll und ganz zu vertrauen. Die leise Wut richtet sie meist gegen sich selbst und sieht sich als naives Dummerchen, doch jetzt ist sie auf Sam wütend. Genug jetzt! Das dumpfe Gefühl geht in ein heißes Kribbeln über und sie ist nahe daran, ihn anzuschreien. Doch dann sieht sie seinen starren Blick und starke Hände legen sich von hinten über ihre Augen.

«Coucou, meine Schöne. Dreimal darfst du raten – und es ist nicht der Weihnachtsmann», hört sie hinter sich eine Stimme und darauf einen blökenden Lacher.

«Chuck!», ruft Marie aus, befreit sich aus den Händen und springt aus dem Stuhl. Sie ist völlig aus dem Häuschen und hüpft wie ein kleines Mädchen auf und ab. Wie bei einem Salto drehen sich ihre Gefühle von Traurigkeit und Wut zu Freude und Begeisterung. Gerade wollte sie Sam anschreien, jetzt lacht sie glucksend. Tränen laufen ihr über die Wangen, aus Freude oder wegen der noch vor Sekunden aufstrebenden Wut, die nun durch Chucks auftauchen einfach verpufft ist. Das Hüpfen hilft offenbar, diese Achterbahn auszuhalten.

Sam sieht, wie sie Chuck stürmisch umarmt. Chuck schiebt seine Sonnenbrille auf die Stirn und grinst ihn über Maries Schultern hinweg mit einem Augenzwinkern zu. Sam zieht eine Schachtel

Zigarillos aus seiner Hemdtasche, klaubt eine heraus und zündet sie an. Am liebsten wäre er aufgestanden, hätte sich den Chinesen angeschlossen und wäre mit ihnen davongegangen. Er sucht in seinen Gedanken Gründe, warum Chuck plötzlich wieder bei ihnen auftaucht. Leidet er unter Verfolgungswahn oder stimmt hier wirklich etwas ganz und gar nicht? Er lächelt schief, doch Chuck scheint das nicht zu stören und Marie merkt es noch nicht einmal. Wahrscheinlich denkt sie immer noch, er sei einfach eifersüchtig. Oder er ist ihr schlicht egal.

Chuck schwingt den Seesack neben den freien Stuhl, setzt sich breitbeinig, winkt der Kellnerin und bestellt ein großes Bier. Chuck tut so, als sei er nur eben um die Ecke gewesen. Und jetzt freut es sich auf einen spaßigen Abend unter Freunden. Ich bin hier, nun lasst uns eine Party feiern.

Marie zupft an ihren Kleidern und zerzaust ihr Haar, wie sie es immer tut, wenn sie aufgeregt ist. Sie bombardiert Chuck mit Fragen. Woher er komme, warum er hier auftauche, wie es ihm gehe und dass sie sich freue, ihn zu sehen. Sam betrachtet die Szenerie. Marie rückt ihren Stuhl näher zu Chuck, legt ihre Hand auf seine Schulter und beginnt mit seinen Haaren zu spielen.

Chuck beantwortet jede Frage mit einem Lacher und legt gönnerhaft seine Hand auf Sams Knie, wohl mit der Absicht ihn zu beruhigen: «Schön, euch zu sehen, ihr Turteltäubchen», raunt er mit einem Augenzwinkern zu Sam.

Marie kneift ihn in die Wange und als das Bier kommt, rückt sie ihren Stuhl wieder zurück. Chuck nimmt einen großen Schluck, wischt sich den Schaum von den Lippen und stöhnt: «Ahh – das tut gut! Was bin ich für ein Glückspilz euch gleich am Bahnhof zu finden.»

Seine Freude teilt Sam keineswegs, aber Marie ist immer noch ganz aus dem Häuschen. Sie schaut ihn mit glänzenden Augen erwartungsvoll an.

Sam gibt sich einen Ruck und reicht Chuck die Hand. Sie umfassen sich an den Daumen und schütteln die Hände. Aus Chucks Blick schließt Sam Entwarnung. Wegen Marie scheint er nicht gekommen zu sein. Aber warum dann?

Chuck erzählt, er sei zu Hause gewesen sei, habe alte Kumpels getroffen, aber nichts sei mehr, wie es einmal war. Er habe sich gelangweilt und sachte versucht, den Stein zu Geld zu machen. Doch nach kurzer Zeit sei ihm klar geworden, dass das gar nicht so einfach ist. Von einem Treffen mit einem vermeintlichen Käufer sei er geflüchtet, als er im Fernglas hinter den Scheiben der Limousine Arik entdeckt zu haben glaubte. Eine richtige Scheiße sei das alles, meint er und gibt einen seiner Lacher von sich.

«Und jetzt?», fragt Sam und versucht, freundschaftlich zu klingen. Er ahnt Schwierigkeiten auf sich zukommen. Chucks Anwesenheit wird das, was er mit Marie so gerne klären möchte, nicht wirklich erleichtern auch wenn er tatsächlich wegen des Steines beziehungsweise wegen des Geldes gekommen ist.

Marie lächelt und streicht Sam über die Wange. Seine Anspannung weicht ein wenig. Was führt Chuck im Schilde? Was erwartet er? Chuck scheint seine Gedanken zu lesen. «Na ja, ich hab den Klunker dabei und möchte ihn gerne gegen meinen Anteil an dem Geld eintauschen. Alles klar?»

«Du bist gut! Nichts ist klar. Wie soll das gehen? Piet ist mit seinem Anteil in Holland, Emma und Jace sind auf dem Weg nach England. Willst du allen nachreisen, um deinen Anteil einzufordern?», antwortet Sam immer noch bemüht um einen freundschaftlichen Ton.

«Hmm», brummt Chuck, macht eine Pause, um die Situation zu verstehen und fährt in ebenso betont entspanntem Tonfall fort mit seinen Absichtserklärungen. «Ich hab ja nicht gewusst, dass alle abgehauen sind. Einfach ist es nicht, aber du wirst mir nicht widersprechen, dass ich Anspruch auf einen Anteil habe.»

Sam schaut ihn prüfend an und schüttelt grinsend seinen Kopf. Kaum ist ein Problem aus der Welt, taucht auch schon das nächste auf. Chuck ist Chuck – unglaublich, der Typ! Man hat die Wahl: entweder du liebst ihn oder du hasst ihn. Es ist wie bei diesem englischen Brotaufstrich Marmite, der so aufdringlich nach Hefe riecht und entweder heiß und innig geliebt oder abgrundtief gehasst wird. Da gibt es nichts dazwischen. Genauso ist es mit diesem englischen Pitbull Chuck. Da taucht der einfach aus dem Nichts auf und setzt den Stein im Spiel auf Feld Eins, als sei die normalste Sache der Welt.

Sam schaut ihn immer noch lächelnd an und ist sich nicht sicher – lieben oder hassen?

Chuck interpretiert Sams Kopfschütteln als Absage und zieht die Augenbrauen hoch.

«Nein, Chuck, du missverstehst mich. Natürlich hast du recht auf deinen Anteil, nur ist das jetzt nicht mehr so einfach. Darf ich dich daran erinnern,

dass es deine Idee war, mit einem großen Stein abzuhauen?»

Chuck holt Luft, doch Marie kommt ihm zuvor:
«Jetzt bist du erstmal da. Wir werden schon eine
Lösung finden». Sie legt lächelnd eine Hand auf
Chucks Knie und eine auf Sams.

«Ich bin vor allem wegen des Geldes gekommen, nicht wegen euch», erwidert Chuck und Marie
schaut ihn erstaunt an.

«Das hatte ich aber anders verstanden!», entrüstet sie sich.

Sam freut sich wenig über Chucks Marmite-Ef-
fekt, doch dann fragt er sich, was sie denn meint.
Was hatte sie wann anders verstanden? Meint sie
seine freudige Begrüßung? Oder wusste sie etwa,
dass er kommen würde? Wieder breitet sich das
flaue Gefühl in Sams Brust aus.

«Easy, Marie, so hab ich es nicht gemeint. Ich bin
pleite und ihr schwimmt im Geld. Wir müssen eine
Lösung finden und alles ist gut», brummt Chuck
versöhnlich und hängt einen Lacher an, wie immer
wenn er locker und souverän wirken will.

Sam nickt betont entspannt und fragt: «Und?
Hast du eine Idee?»

«Schon ...», meint Chuck geheimnisvoll.

«Wir können doch die kleinen Steine aus dem See holen und den großen in Sicherheit bringen. Die kleinen sind einfach zu verkaufen», kommt Marie ihm zuvor.

Das Gefühl in Sams Brust weitet sich zu einem Pochen in seinen Schläfen. Er ist nahe daran loszuschreien. Verdammt – was bildet sich der Typ eigentlich ein! Er kann einfach immer alle nach seiner Pfeife tanzen lassen, ohne sich darum zu scheren, ob er damit jemanden in Gefahr bringt. Sam schaut in den wolkenlosen Himmel und versucht, tief zu atmen, in Gedanken bis zehn zu zählen.

«Okay, das könnten wir», meint Sam versöhnlich. «Angenommen, wir machen das, wie willst du die Steinchen aufteilen auf Leute, die sich auf halb Europa verteilt sind?». Die Sache gefällt ihm immer weniger, doch er ist entschlossen, ruhig zu bleiben.

Chuck grinst und wedelt mit den Händen, als wolle er Sam Abkühlung verschaffen. «Wenn ich mich recht erinnere, haben wir die Steine in sechs Beutel eingeschweißt. Ich nehm mir einfach einen davon und gut ist.»

Marie hebt beide Arme. Für sie scheint das Problem damit gelöst. Na klar, ist doch ganz einfach.

Sam wird das Gefühl nicht los, nicht nur mit Chuck über eine mögliche Lösung für sein Geldproblem zu sprechen, sondern auch mit Marie.

Er kopiert Maries Geste, wendet seinen Blick ab, zieht an dem Zigarillo und schaut dem Rauch nach. Die blauen Kringel lösen sich in der warmen Luft auf und verschwinden im Nichts. Kurz hat er den Impuls einfach aufzustehen, nach Hause zu gehen, sein Geld zu nehmen und mit dem Jeep davonzufahren. Sollen doch alle selber schauen, wie sie den Schlamassel lösen. Eigentlich kann ihm das völlig egal sein. Er könnte abhauen, seine Pläne neu ordnen und nach ein paar Monaten in sein Haus zurückkehren. Wie oft schon hatte er ein Chaos auf diese Art erfolgreich gelöst? Sehr oft. Und es hat jedes Mal wunderbar funktioniert, zumindest für ihn selbst. Wenn der Rauch sich verzogen, er einen Weg für sich gefunden hatte, würde er zurückkommen und sehen, was die anderen aus der Situation gemacht haben. Er wäre gespannt, ob sie das Haus stehengelassen haben, bevor sie sich in alle Himmelsrichtungen verflüchtigt haben. Wenn nicht und alles in einem Desaster endet– auch gut. Vielleicht ist es sowieso an der Zeit, ein neues Leben zu beginnen. Schon wieder – bei dem Gedanken schmunzelt er.

Das Einzige, das ihn zurückhält, ist die Frau, die ihm gegenübersitzt. Die offenbar seine Stimmung

wahrnimmt und als wolle sie ihn von seinem Befrei-
ungsschlag abhalten, ihren Arm um seine Hüfte legt
und ihren Kopf an seine Schulter. Das Leben ist
schlicht unlogisch, denkt er. Vor ein paar Monaten
wusste er nicht einmal, dass diese Französin existiert, hätte sie weder begehren noch vermissen
können. Nun bildet er sich ein, ohne sie nicht leben
zu können? Völliger Nonsens! Aber was soll er machen! Nun ist sie eben da und er wird sie nie vergessen können, selbst wenn er sich das in diesem
Moment wünscht. Er wird sich für den Rest seines
Lebens an sie und dieses tiefe Gefühl, lieben zu
können, erinnern, auch wenn es gut sein kann, dass
diese Erfahrung das Einzige ist, was ihm bleiben
wird.

Vierzehn.

Barbu hebt die vollen Tanks auf die Bank im Boot und beginnt, die Tarierwesten festzuzurren und die Atemregler auf den Ventilen zu verschrauben.

Den Nachmittag hatten sie damit verbracht, über Chucks Dummheit und was er ihnen damit antut zu lamentieren. Schließlich war es seine Idee gewesen, sich einen großen Stein zu nehmen und abzuhauen in der Hoffnung, er hätte damit einen super Deal gemacht. Und jetzt, wo eigentlich alles geregelt und vorbei war, taucht er wieder auf und stellt sie alle vor ein neues Problem.

Barbu konnte Sam schließlich beruhigen. Ohne Chuck würden sie wohl alle gar nicht mehr leben. Klar sei er ein Idiot, aber die Lösung fände er gar nicht so schlecht. Noch einmal tauchen und alles sei in Ordnung. Sam stimmte schließlich widerwillig zu. Nicht Barbus Argumente hatten den Ausschlag gegeben, sondern Marie, die sich die ganze Zeit an ihn geschmiegt hielt. Sie gab zu verstehen, zu wem sie gehören will. Eine kleine Stimme in Sams Kopf war misstrauisch, aber die vermisste Nähe war stärker. Er hatte die Gedanken der letzten Tage als Paranoia abgetan und sich selber gesagt, es sei kein

Wunder, wenn sich Marie von ihm abgewendet, wenn er solche Gedanken wälze.

Barbu machte sich, nachdem sie sich geeinigt hatten, nochmals zu tauchen, zu einem Spaziergang auf und Chuck legte sich müde zu einem Nickerchen. Er hatte sich bei Marie entschuldigt und sie hatte nicht einmal gefragt, wofür. Sie hatte ihn in sein Schlafzimmer geführt und die Nähe zwischen ihnen war wieder da.

Erstaunlich, wie Menschen funktionieren. Was Gespräche nicht vermögen, gelingt auf körperlicher Ebene ganz leicht – mit Wärme, Berührungen, dem Duft der Haut. Da findet sich eine tiefe Ehrlichkeit, die sich durch Reden nicht erfassen lässt. Die Botschaft lässt sich nicht mit einem Lächeln oder mit netten Worten verfälschen, sie spiegelt sich unmittelbar in der Berührung. Plötzlich hatten sie sich wiedergefunden, war die vertraute Nähe wieder da.

Es fühlte sich stimmig an, als sie beim Nachtessen auf der Terrasse den Plan besiegelten und beschlossen, noch in dieser Nacht zu tauchen.

Chuck und Sam steigen in ihre Trockentauchanzüge. Es nieselt leicht aus dem mondlosen, bedeckten Himmel. Sie stehen ohne Positionslichter auf dem glatten See, direkt vor der Felswand. Sie hatten das Boot erst nach Einbruch der Dunkelheit beladen und aus dem Unterstand geholt. waren leise weit hinaus gerudert, bevor Marie den Motor startete und das Boot unbeleuchtet, blubbernd über den See glitt.

Mit einem leisen Platschen verschwinden Chuck und Sam unter der pechschwarzen Wasseroberfläche. Sie lassen sich ruhig nebeneinander in die Tiefe sinken, prüfen die Instrumente und tarieren den steigenden Druck aus. Im Schein der starken Lampen gleitet die steile Felswand an ihnen vorbei. Sam sieht den kleinen Beutel an Chucks Weste hängen. Darin ist der große Stein, den er im Austausch gegen die kleinen mitgebracht hat. Schon auf der kurzen Fahrt mit dem Boot fasste er einen Entschluss: Er muss diesem Drama ein Ende setzen. Nur wenn die Steine endgültig verschwinden, hört dieses Ringen unter ihnen auf um einen möglicherweise noch größeren Reichtum. Und erst dann würde das Syndikat definitiv Ruhe geben. Sie kennen jetzt den Fundort der Steine und wenn sie wissen, dass sie keine weiteren mehr haben und sie sich mit dem Geld zufriedengeben, gibt es eine reale Chance, dass diese Geschichte endlich ein Ende hat. Er hat vor, bei dem Tauchgang die verbleibenden Steine nicht zurück an die Oberfläche zu bringen, sondern sie ein für alle Mal aus der Welt zu schaffen, sie im See in über zweihundert Meter für die nächsten Jahrmillionen verschwinden zu lassen.

Damit wären Chuck, Marie, Barbu und die anderen nie einverstanden, das ist Sam völlig klar. Sie werden wohl mehr als sauer sein, aber wenn er nichts erzählt und es wie ein Missgeschick aussieht ... Vielleicht können sie dann den Verlust verschmerzen und er ist sich sicher, eines Tages werden sie ihm dafür dankbar sein!

Vor ihnen taucht der kleine Vorsprung an der Wand auf. Sam prüft seinen Tauchcomputer – zweiunddreißig Meter. Sie sind angekommen. Sam deutet auf die beiden Stahlkabel, die an Kletterhaken mit Karabinerhaken in der Wand verankert sind und die beschwerte Nylontasche in der Wand unter ihnen festhalten. Chuck schwimmt zu den Karabinerhaken, während Sam auf dem Vorsprung kniet und an dem Stahlseil die Nylontasche nach oben zieht. Er legt sie auf den Vorsprung. Chuck hängt die Haken aus, damit sie die Schlaufen des Seils lösen können, um die Nylontasche zu öffnen.

Chuck schwimmt zu ihm hinüber. Sam schaut den Blasen seiner Atemluft nach. Über ihnen nur pechschwarze Dunkelheit. Marie und Barbu haben wie abgemacht weder die Positionslichter noch den Scheinwerfer am Heck eingeschaltet. Er hört im

Wechsel das ruhige Zischen von Chucks Atemluft und seiner eigenen.

Chuck öffnet die Nylontasche und holt die verschweißten Plastikbeutel heraus. Er sortiert sie und legt diejenigen mit den kleinen Steinen auf den Felsen. Dann wählt er einen aus, steckt alle anderen wieder in den Beutel und zurück in die Nylontasche. Er prüft das ausgewählte Säckchen im Schein seiner Lampe und steckt es in seine Weste. Die Nylontasche liegt hinter ihm an der Kante. Jetzt ist die Gelegenheit!

Ruhig schiebt Sam hinter ihm drei größere Felsbrocken in die Nylontasche und schließt den Reißverschluss. Er stößt sie an die Kante und zögert einen Moment, da packt Chuck ihn an der Schulter und schüttelt ihn kräftig. Sam hört Chucks wütend klingende Laute und wie er in seinen Atemregler brüllt. Offenbar hat Chuck durchschaut, was er vorhat. Er reißt Sam die Tauchermaske vom Gesicht und den Atemregler aus dem Mund. Ohne Sicht und ohne Atemluft versucht Sam, sich von Chuck zu befreien, der ihn fest umklammert. Schlagartig wird ihm bewusst, dass Chuck ihn nicht nur daran hindern will, die Nylontasche mit allen Steinen zu versenken, sondern ihn umzubringen will. Todesangst schießt in heißen Wellen durch seinen Körper. Er dreht und windet sich, aber Chuck hält ihn mit eisernem Griff an sich gedrückt. Sam ertastet an Chucks Hüfte den Reißverschluss des Tauchanzugs, reißt an der Lasche und fühlt, wie sich der Reißverschluss bewegt. Eiskaltes Wasser strömt in Chucks Anzug und füllt ihn in Sekunden bis zu den Hüften. Er lässt Sam los, um den Reißverschluss wieder schließen zu können. Sam taumelt von ihm weg, sieht verschwommen im Schein der Lampen die Nylontasche mit den verbliebenen Steinen an der Kante und versetzt ihr mit einer Flosse einen kräftigen Stoß. Wie in Zeitlupe rutscht sie über die Kante.

Chuck ist mit einem Flossenschlag bei dem Stahlkabel, das nun über die Kante saust und droht, mit der Nylontasche in der Tiefe zu versinken. Er weiß, dass der Grund über zweihundert Meter unter ihnen liegt. Von dort wird er den Schatz niemals wieder bergen können. Chuck erwischt das Kabel mit einer Hand und wird mit in die Tiefe gezogen. Der Lichtstrahl von Chucks Lampe zuckt durch das Wasser.

Chuck kümmert sich nicht um das warnende Piepen seines Tauchcomputers, als er rasant abtaucht. Er schluckt heftig, um den Druck in seinen Ohren auszugleichen, und zieht an einem der losen Stahlkabel die Nylontasche mit den Steinen zu sich heran. Er umklammert sie, als würde sie sein Überleben sichern, obwohl gerade genau das Gegenteil passiert und sein Verderben zu werden droht. Chuck presst auf den Knopf an seiner Weste, um Luft hineinströmen zu lassen und damit Auftrieb zu erzeugen. So möchte er das Gewicht der Steine, die Sam zusätzlich in die Nylontasche gepackt hatte, um sie zu versenken, ausgleichen. Endlich endet das schnelle Sinken, er kommt zum Stillstand und hängt mit voll aufgeblasener Weste vor der Wand. Chuck schaut auf seinen Tauchcomputer: einundfünfzig Meter. Viel zu tief! Der natürliche Stickstoff in der Atemluft wird bei dieser Tiefe, bei diesem Druck in großen Mengen in sein Blut gepresst wie bei einer dieser Maschinen, mit denen man zuhause perlendes Mineralwasser selber herstellen kann.

Er muss schnell wieder steigen, um die Sättigung seines Blutes mit dem Gas zu vermindern, sonst kommt er in den Bereich, der Dekompressionsstopps beim Aufstieg nötig macht. Sein Blut wird beim Aufstieg zu schäumen beginnen wie die Cola in einer geschüttelten, schnell geöffneten Flasche. Doch für einen vorsichtigen, langsamen Aufstieg, um damit das Schäumen zu verhindern, wird die verbleibende Luft in seinem Tank nicht ausreichen. Er muss aus dieser Tiefe, aus der Gefahr, und zwar schnell!

Wütend brüllt er in seinen Atemregler. Eines der losen Stahlkabel hat sich hinter ihm in seiner Ausrüstung verheddert, das zweite hängt an ihm herab und behindert ihn bei seinen Flossenschlägen. Er wagt es nicht, die Nylontasche zu öffnen, um den Ballast loszuwerden. Sam muss die Nylontasche mit Steinen beschwert haben, sonst hätte ihn das Ding niemals so schnell in die Tiefe gerissen. Doch das Risiko, dabei auch die Beutel mit den Diamanten zu verlieren, ist ihm einfach zu groß. Er beschließt, aus seiner Weste zu schlüpfen, um das Seil entwirren zu können.

Die Tauchweste mit dem Tank und allen Instrumenten aus und wieder anziehen, ist ein Manöver, das er als Tauchlehrer tausendmal geübt hat und blind ausführen kann. Er muss nur schauen, dass er die prall aufgeblasene Weste nicht verliert und sie mit dem Tank ohne ihn an die Oberfläche saust. Er drückt auf das Ventil, mit dem er den Druck in seinem Tauchanzug regeln kann. Luft schießt in den Anzug, doch das eiskalte Wasser an seinen Beinen wird dadurch nicht herausgedrückt. Die Kälte lässt ihn bereits stoßweise atmen. Bald wird er steif werden und sich kaum bewegen können. Er muss schnell aufsteigen. Der zusätzliche Auftrieb des Anzugs lässt ihn schneller und schneller steigen. Wieder ignoriert er das warnende Piepen seines Tauchcomputers, der ihn vor dem zu schnellen

Aufsteigen warnt. Wenn er zu schnell aufsteigt, werden sich Blasen in seinem Blut bilden und seine Arterien blockieren. Das hätte dieselbe Wirkung wie ein Herzinfarkt und ein gleichzeitiger, mehrfacher Hirnschlag.

Er rüttelt wild an dem Kabel der Weste vor sich und beißt fest auf das Mundstück des Atemreglers, der an dem Tank an der Weste befestigt ist. Doch die Weste rutscht ihm aus der Hand und schießt nach oben. Der Atemregler entspringt seinem Mund und durch den Ruck wird der Schlauch, der seinen Anzug mit Druckluft versorgt, die einzige Verbindung zur Weste, aus seiner Verankerung gezogen. Die Weste rast in Richtung Oberfläche und damit auch seine Atemluft – alles was ihm bleibt, ist die Luft in seinen Lungen.

Sofort beginnt er wieder zu sinken. Der Auftrieb in seinem Anzug ist zu schwach für ihn und die Nylontasche. Der Tauchcomputer zeigt dreiundzwanzig Meter Tiefe an. Vierundzwanzig, Fünfundzwanzig. Er muss eine Entscheidung treffen. Er lässt die Tasche los und schaut zu, wie sie rasch in der Dunkelheit verschwindet.

Ein markerschütternder Laut entströmt seinen zitternden Lippen und steigt in Blasen nach oben. «Dieses Schwein! Dieses Schwein!», wiederholt er wie ein Mantra und beschleunigt mit den Flossen seinen Notaufstieg. Um aus dieser Tiefe mit einem Atemzug an die Oberfläche zu kommen, muss er sich beeilen und gleichzeitig die sich ausdehnende Luft in seinen Lungen verringern. Der Tauchcomputer pfeift unablässig. Er steigt höher und höher. Die Luft in seinem Anzug dehnt sich immer stärker aus. Allein auf den letzten zehn Metern wird sich das Volumen verdoppeln. Hektisch presst er das Auslassventil an seinem linken Arm, um Druck abzulassen und den Aufstieg zu verlangsamen, doch es ist zu spät: In einem Wirbel von Blasen schießt er fast ungebremst in Richtung Wasseroberfläche.

Sam fand, nachdem Chuck in der Tiefe verschwunden war, seinen Atemregler wieder und ihn sich in den Mund gesteckt. Mit seiner Lampe leuchtet er zittrig den Felsen auf dem Vorsprung ab, aber seine Tauchmaske bleibt verschwunden. Er tastet hektisch nach den großen Taschen des Tauchanzugs an seinen Oberschenkeln. Normalerweise hat er immer eine Reservemaske dabei, doch die Taschen sind leer. Egal, er muss sich beruhigen, sein hektisch pfeifendes Atmen unter Kontrolle bekommen. Kalte Angst kriecht ihm über den Rücken. Er leuchtet in das undurchdringliche Schwarz und fühlt sich wie ein Astronaut, der sein Raumschiff verloren hat und in den Weiten des Universums treibt. Für einen Moment fühlt er lähmende Panik in sich aufsteigen. Die Gedanken verengen sich zu einem einzigen: Weg hier und so schnell wie möglich nach oben. An die Luft, in die Welt! Er schüttelt sich, weiß, wenn er auch nur versucht, dagegen anzukämpfen, werden sich seine Instinkte bedroht fühlen und die Kontrolle übernehmen. Dann würde er in Panik verfallen, Fehler machen und sterben. Er muss die Angst schreien lassen und gleichzeitig versuchen, einen Teil seines Bewusstseins nur auf die nächsten Schritte, die zu tun sind, zu konzentrieren.

Er schaut auf die leuchtende Anzeige seiner Atemluft. Verschwommen erkennt er, dass der Zeiger bereits im roten Bereich steht und es längst höchste Zeit für den Rückweg ist. Er beginnt, kontrolliert zu steigen und versucht verzweifelt, die Anzeige des Tauchcomputers lesen zu können. Wie war das noch? Im Notfall nie schneller steigen als die kleinsten Blasen um dich herum. Die kann er erkennen. Er atmet einigermaßen ruhig und beobachtet die kleinen Blasen vor seinem Gesicht, die in seinem Tempo nach oben steigen. Immer noch rauschen das Adrenalin und die Angst durch seinen Körper. Er versucht zu zählen. Ausatmen: Einundzwanzig, zweiundzwanzig, dreiundzwanzig. Einatmen: Einundzwanzig, Zweiundzwanzig ... Das Zählen hilft ihm, ruhiger und tiefer zu atmen. Das ist auch nötig. Er vermutet, dass die Luft in seinem Tank nicht mehr für einen Sicherheitsstopp von drei Minuten auf fünf Metern ausreichen wird. Er hofft, dass er nicht in den Dekompressionsbereich geraten ist und an der Oberfläche durch sein schäumendes Blut eine Embolie erleiden wird. Ruhig atmen, es wird alles gut gehen, murmelt er in Gedanken vor sich hin. Kurz sieht er bei seinem Aufstieg in der totalen Dunkelheit geisterhafte Lichtfinger vor sich auftauchen und über sich verschwinden.

Vier Minuten später stößt er durch die Wasseroberfläche und bläst seine Weste voll auf. Die Anzeige zeigt noch zehn Bar. Mehr als ein, bis zwei Minuten wären ihm nicht geblieben. Er schaut zum Boot und sieht, wie Marie und Barbu Chucks Körper über die Bootswand ziehen. Sie haben den Scheinwerfer im Heck eingeschaltet, der die Szenerie in gleißendem Licht überdeutlich ausleuchtet. Sam reißt sich zusammen. Seine Beine krampfen, er keucht und fühlt sich tonnenschwer. Trotzdem beginnt er paddelnd, sich die wenigen Meter in Richtung des Lichts zu kämpfen.

«Helft mir!», ruft Sam gurgelnd vom Heck in das Boot. Er ist zu erschöpft, um sich mit der schweren Ausrüstung hochzuziehen und klammert sich an der Einstiegsleiter fest. Er clippt seine Weste auf und zieht seine Flossen aus. Barbus Gesicht erscheint vor seinen getrübten Augen, die weit aufgerissen sind. Er schaut Sam verwundert an, lehnt sich wortlos vor und packt ihn unter der Schulter. Mit einem Schrei reißt er an ihm und Sam gelingt es mit seiner Hilfe sich hochzuziehen. Er lässt sich bäuchlings auf den Rand des Bootes fallen und rutscht hinein wie ein glitschiger Thunfisch, der an einem Enterhaken hängt. Barbu fischt seine Weste mit dem Tank aus dem Wasser und lässt alles neben sich auf den Boden fallen. Sams Beine liegen noch immer auf dem Bootsrand und die Arme liegen zittern ausgestreckt. Sein Gesicht hat er zur Seite gedreht, schnaubt stoßweise Luft durch seine gepressten Lippen. Er hustet, spuckt roten Schleim und Rotz läuft aus seiner Nase.

Völlig ausgepumpt liegt er in dem Bootsheck, unfähig sich zu bewegen. Sein ganzer Körper zittert bei jedem Ausatmen, während er in Gedanken seine Glieder untersucht. Sind da Schmerzen in den Gelenken? Spürt er seine Füße noch? Panisch sucht er nach ersten Anzeichen einer Dekompressionskrankheit. Die Blasen, die sich aus dem gelösten Stickstoff in seinem Blut bilden, sammeln sich zuerst in den Gelenken und im Nervensystem. Wäre es ganz schlimm, hätte er schon eine Embolie erlitten und längst das Bewusstsein verloren. Nichts. Sein Körper zittert, aber keine unerträglichen Schmerzen in den Gelenken. Er rollt zur Seite und wischt sich den Schleim aus dem Gesicht, betrachtet den roten Rotz in seinen Händen. Vielleicht ist eine kleine Ader in seinen Lungen geplatzt, aber wenn er die nächsten Minuten übersteht und keine schlimmeren Symptome auftreten, wird er es überleben.

Sam stützt sich stöhnend auf seine Ellenbogen und kommt hustend und spuckend auf die Knie. Marie ist über Chuck gebeugt, hält seinen Kopf fest und redet auf ihn ein. Sam kann nicht verstehen, was sie sagt. Barbu ist damit beschäftigt, mit einer Schere die enge Neoprenmanschette um Chucks Hals aufzuschneiden.

Chucks Augen sind weit aufgerissen, doch er ist bei Bewusstsein. Sein Blick fixiert Marie. Aus seinem Mund quillt schaumiges, hellrotes Blut. Er versucht zu sprechen, aber bringt keinen Ton heraus.

Barbu funktioniert wie eine Maschine. Das Notfalltraining der Tauchlehrerausbildung, bei dem sie alle gestöhnt hatten, weil sie es x-mal wiederholen mussten, zahlt sich aus. Wie ferngesteuert, reißt er die Flasche mit dem Notsauerstoff aus dem Koffer und stöpselt hektisch die Schläuche auf das Ventil. Er hält die kleine Maske über Chucks Mund und Nase, muss sie jedoch alle paar Sekunden wegnehmen, um das schaumige Blut mit dem Finger herauszuwaschen. Barbu agiert völlig ausdruckslos, konzentriert und mit nur einem Ziel: Sauerstoff in Chucks Körper zu pumpen. Andernfalls wird er sterben.

Marie hält Chucks Kopf, streicht ihm die Haare aus dem Gesicht. Sie dreht sich kurz und Ihr Blick trifft Sam.

«Mon dieux!», schreit sie leise, deutet auf Sam und rüttelt an Barbus Schulter. Sam sieht furchtbar aus, leichenblass mit blau verfärbter Nase und fast schwarzen Lippen. Ein Blutfaden tropft aus seinem Mund. Barbu ist reagiert immer noch wie ferngesteuert, stöpselt die zweite Maske an die Flasche und hält sie Sam hin.

Mit der Maske vor dem Mund versucht Sam seinen Atem zu beruhigen. Der reine Sauerstoff wird helfen, durch die von kleinen Bläschen verstopften Äderchen das lebensnotwendige Gas zu seinen Zellen zu bringen. Er muss sich beruhigen, nicht hyperventilieren. Alles wird gut. Alles wird gut, spricht er in Gedanken ganz langsam, dehnt dabei jedes Wort so lang, wie er kann, um seine Atemzüge zu verlangsamen.

Chucks und Sams Augen treffen sich. Chuck fixiert ihn ruhigem Blick, ausdruckslos, aber lebendig. Dann beginnen Chucks Lider zu flattern. Ein Zittern läuft durch seine Glieder. Der Blick wird glasig, die Augen rollen hin und her und kippen nach hinten.

Barbu sucht an Chucks Hals nach seinem Puls. Er drückt die Maske Marie in die Hand, kniet sich über ihn, legt seine Hände übereinander auf Chucks Brustkasten und beginnt er mit harten Stößen, das Herz zu komprimieren. «Eins, zwei, drei, vier, fünf, sechs» zählt er laut, beugt sich über Chuck, schließt dessen Lippen mit einer Hand und legt seinen Mund um die blutverschmierte Nase um, Luft in Chucks Lungen zu blasen.

Er richtet sich auf, um mit der Herzmassage weiterzufahren und Marie legt wieder die Sauerstoffmaske auf Chucks Gesicht. Barbu beginnt, hart gegen seine Rippen zu stoßen, da knackt es grässlich in Chucks Brustkasten. Ein paar Rippen scheinen gebrochen, aber viel schlimmer ist, dass bei jedem Stoß, ein Strom schaumigen Blutes aus Chucks Mund quillt.

Barbu hört mit dem rhythmischen Stoßen auf. Er bedeckt sein Gesicht mit den blutverschmierten Händen und lässt sich mit einem Wimmern zur Seite fallen. Die Niederlage wird ihm unerbittlich klar. Sie haben ihn verloren! Barbus Körper bebt, erpresst seinen Kopf in die Hände.

«Mais non!», keucht Marie. Sie will mit der Massage weiterfahren, doch Barbu zieht sie sanft zu sich und hält sie fest in den Armen. Er umklammert ihren zitternden Körper, der jetzt von Schluchzen begleitet zu zucken beginnt. Marie weint hemmungslos, presst erstickte Schreie am Barbus Brust. Es ist vorbei. Chuck ist tot.

Sam robbt auf dem Bauch zu ihnen und legt seine Arme um Marie. Sie dreht sich zu ihm und versinkt in seiner Umarmung. Mit weit aufgerissenen Augen sieht sie in an. Sam ist sich nicht sicher, was er in diesem panischen Blick sieht. Entsetzen, Trauer, Wut?

«Was ist nur passiert, Sam?», weint Marie mit bebenden Lippen und streicht über sein Gesicht. Sam will die Sauerstoffmaske, die er immer noch über Mund und Nase presst, wegziehen, um zu sprechen, doch Marie drückt seine Hand zurück.

«Um Himmels willen!», stöhnt Barbu, der an der Wand des kleinen Bootes lehnt und beide Hände an die Schläfen presst. Er blickt auf den toten Chuck, zu Sam, wieder zu Chuck ...

Sam beginnt stoßweise zu erzählen, was passiert ist. Nach ein paar Worten stoppt er, atmet keuchend ein und aus, als sei er kilometerlang gesprintet und sein Körper es sich schlicht nicht leisten kann, den Atem zu verlangsamen. Er erzählt es so, wie es passiert ist, jedoch ohne seinen Versuch, die Nylontasche auf dem Grund zu versenken.

Sam sitzt keuchend da, schließt die Augen und presst die Maske mit dem Sauerstoff fest auf sein Gesicht.

Marie nimmt ihn in die Arme und drückt ihn an sich. Zitternd aneinander geklammert hört Sam was Barbu mit stockender Stimme erzählt. Sie haben sich unfassbar erschrocken, als Chucks Weste wie ein Geschoss durch die Wasseroberfläche platzte. Sie starteten den Motor und als sie die Weste mit dem Tank an Bord gehievt haben, ist auch Chuck wie eine losgerissene Boje durch die Wasseroberfläche geschossen. Sein Anzug war prall aufgeblasen und er sah darin aus wie das Michelin Männchen. Ihnen war sofort klar gewesen, dass es todernst ist.

Barbus Worte werden von Schluchzen unterbrochen. Sein Gehirn versucht das Grauen zu unterdrücken und zu verstehen was passiert ist, als ob dies etwas ändern würde. Doch sind Menschen offenbar so programmiert, dass sie etwas erst akzeptieren und verarbeiten können, wenn sie es verstehen. Barbu kämpft um Klarheit, doch sie will sich partout nicht einstellen.

«Es sieht so aus, als hätte sich das Kabel mit der Tasche an ihm verheddert,» meint Barbu und betrachtet die Scheuer- und Schleifspuren an Chucks Anzug. «Das Gewicht des Stahlkabels mit dem Ballast der Tasche hat ihn wohl heruntergezogen. Obwohl – so schwer kann doch die Tasche mit dem Kabel nicht gewesen sein... Wie auch immer, er hat wohl versucht, mit seiner Weste und seinem Anzug genügend Auftrieb herzustellen, um sich und die Tasche heben zu können.»

«Er muss die Weste ausgezogen haben, um das Seil zu lösen und hat sie dann verloren», ergänzt Sam.

«Mais non! Es kann nicht sein, dass Chuck so etwas Blödes gemacht hat. Er ist erfahrener als wir alle. Er hätte nie seine Weste verloren und wäre dann unkontrolliert aus der Tiefe aufgestiegen», ereifert sich Marie schniefend und nestelt auch an Chucks Weste herum. Was um Himmels willen war da unten wirklich geschehen? Was hat diesen schrecklichen Unfall ausgelöst? Waren lockere Steine von der Kante gerutscht? Hatte sich etwas in dem Stahlkabel verfangen? Oder war Chucks Ausrüstung defekt? Gedanken schießen durch ihren Kopf und sie versucht, eine plausible Erklärung zu finden.

«Wie auch immer, wir haben noch neues Problem. Es scheint, wir bekommen Besuch», sagt Sam röchelnd und deutet auf den See. Ein kleines rotes und ein grünes Licht erscheinen auf dem Wasser. Ein Boot ist auf dem Weg in ihre Richtung.

Erschrocken drehen sich Marie und Barbu um.

«Wir müssen uns entscheiden. Wenn sie Chucks Leiche auf unserem Boot finden, wird das eine Untersuchung geben. Sie werden tauchen und dann finden sie sicher irgendwelche Hinweise, um nach mehr zu suchen. Der Horror beginnt von Neuem ...», raunt Sam.

Barbu schaut ihn entgeistert an, dann begreift er, was Sam zwischen seinen Worten vorschlägt. Barbu nickt und beginnt, aus der Kiste neben ihm Bleigewichte zu packen.

«Das könnt ihr nicht tun», murmelt Marie leise. Sam sieht ihr in die Augen und sie sieht seine Entschlossenheit. Auch Barbu hat den gleichen Ausdruck im Gesicht wie Sam. Sie wendet sich ab, setzt sich mit angezogenen Beinen an die Bootswand und drückt ihr Gesicht an die Knie. Ihr ganzer Körper zittert als sei sie gerade aus dem eiskalten Wasser des Sees gestiegen.

Barbu öffnet die großen Beintaschen an Chucks Anzug, um sie mit Gewichten vollzustopfen.

Verwundert zieht er einen Beutel mit Steinen hervor. Er greift in die andere Tasche, da liegt der große Stein.

«Da hast du den Beweis, Marie, dass Chuck doch so verblendet war und noch etwas viel Blöderes getan hat», schnaubt er und wirft ihr die Beutel vor die Füße. Sie hebt sie auf und betrachtet sie nachdenklich, doch Barbu entreißt sie ihr sofort wieder.

«Jetzt ist Schluss mit der ganzen Scheiße. Es reicht! Diese verdammten Steine haben genug angerichtet mit uns allen», zischt er und funkelt Marie mit wildem Blick an. Er richtet sich auf und wirft die Beutel mit Wucht über Bord. Mit einem leisen Klatschen schlagen sie auf der Oberfläche auf und versinken in der Tiefe.

Marie schaut den Beuteln nach und erwacht aus ihrem Schockzustand. Hektisch hilft sie Sam und Barbu, die Taschen von Chucks Anzug mit Gewichten zu füllen. Sie stopft die verbleibenden Bleiklötze in die Taschen der Weste und drückt die restliche Luft heraus.

Barbu hebt die Taucherweste mit dem Atemlufttank über die Bordwand.

«Warte!», ruft Sam und hängt Chucks Flossen, seine Lampe und die Maske an die Karabinerhaken der Weste. Barbu nickt und lässt dann die Weste ins

Wasser gleiten. Sofort versinkt sie wie ein Stein in der Tiefe. Dann heben sie gemeinsam die Leiche auf die Reling. Marie stopft die Sauerstoffmaske in den Anzug und küsst Chucks Wange.

Barbu und Sam schieben den Körper ins Wasser und halten ihn noch einen Moment an den Füssen fest.

«Ruhe in Frieden, mein Freund», flüstert Marie. Barbu und Sam tun es ihr gleich, brummeln einen letzten Gruß und lassen los.

Chucks Leiche sinkt mit den Füssen voran in die Tiefe. Sein weißes Gesicht erscheint für eine Sekunde unter der Wasseroberfläche. Seine Augen scheinen die drei auf dem Boot anzustarren, dann verschwindet der tote Körper in der pechschwarzen Tiefe.

Zweihundert sechzig Meter tief ist der See an dieser Stelle. Die Leiche wird auf den Grund mit den weichen Sedimenten sinken und darin verschwinden. Ein kaltes Grab, das niemals durch einen Sonnenstrahl erhellt wird. Keine Blumen oder eine Inschrift wird an ihn erinnern. Vielleicht wird jemand herausfinden, dass er in die Schweiz gereist ist und dann spurlos verschwand. Zweiunddreißig Jahre alt ist er geworden. Ein Leben, geprägt von dem Kampf, die Ellenbogen auf den Tisch zu bekommen, es zu schaffen, jemand zu werden, sein Leben selber bestimmen zu können. Das hätte er auch erreicht, wenn er sich damit begnügt hätte, reich geworden zu sein. Aber er wollte mehr–schlichtweg alles. Nun liegt er tief auf dem Seegrund und wird im weichen, ewig eiskalten Schlamm vermodern. Vielleicht wird sein Körper versteinern und in einigen hunderttausend Jahren gefunden. Wenn es noch Menschen gibt, wird man sich vielleicht wundern, wie er angezogen war. Vielleicht wird man mutmaßen, er sei ein Außerirdischer in einem Raumanzug gewesen, der die Erde besucht hat und dabei zu Tode kam.

Sie stehen immer noch im Heck und stieren gebannt auf das Wasser. Ein greller Lichtschein gleitet über Ihr Boot und löst sie aus der Starre.

«Brauchen Sie Hilfe?», ruft eine Stimme hinter ihnen. Geblendet können sie nur schemenhaft zwei Männer erkennen.

Als der Scheinwerfer weiter nach vorne über ihr Boot gleitet, erkennt Sam, dass die Seepolizei ihnen einen Besuch abstattet. Einer der Polizisten steigt an Bord und leuchtet in die Gesichter.

Mit Mühe und Not kann Sam eine Geschichte erfinden. Er sei getaucht und seine ausländischen

Freunde haben ihn dabei unterstützt. Alles sei in Ordnung. Er sei nur ein wenig zu schnell aufgetaucht, doch er denke, es sei nichts weiter passiert.

Die Polizisten wundern sich, dass Sam alleine getaucht ist. Wozu? Sam erklärt, er habe für ein Tauchmagazin dramatische Bilder von der Steilwand in der Nacht schießen wollen, doch die Kamera sei auf den Grund des Sees gesunken.

Die Männer schütteln verwundert den Kopf. Das sei unverantwortlich, alleine zu tauchen und dann noch in der Nacht. «Was haben Sie sich eigentlich dabei gedacht?» schimpft einer von ihnen. Doch als Sam sich als Tauchlehrer ausweist und sie erkennen, dass er ein Einheimischer ist, geben sie Ruhe. Spinner gibt es überall. Das scheinen die beiden Polizisten zu kennen. Touristen, die den letzten Kick bem Canyoning suchen und dabei ersaufen. Warum also nicht ein Tauchlehrer, der ultimative Bilder aus einem eiskalten See mitbringen will, um damit noch mehr Kamikazeabenteurer anzulocken, die ums Verrecken auch hier tauchen wollen! Wenigstens würde man die nicht von einer Wand kratzen müssen wie die Base Jumper. Die würden einfach nicht mehr da sein oder höchstens als aufgeblähte Leichen nach ein paar Tagen vor einem der Schwimmbäder des Sees auftauchen. Man konnte sie dann einfach mit einem Netz an Bord hieven und hoffen, dass sie nicht zu übel stinken.

Die Seepolizisten schütteln die Köpfe und beschließen, die Sache erstmal auf sich beruhen zu lassen. Trotzdem beharren sie darauf, Sam ins Spital zu begleiten und dass er am nächsten Tag auf die Wache kommt, damit ein Protokoll erstellt werden kann. Falls dieser verrückte Taucher stirbt bei seinen waghalsigen Tauchabenteuern, wollen sie auf der sicheren Seite sein und sich nicht urplötzlich selber in einer Untersuchung wiederfinden. Möglich wäre das, be der Verfassung, in der sich dieser Idiot befindet.

Marie tuckert mit eingeschalteten Positionslichtern mit Barbu zu Sams Haus. Sam hingegen sitzt hinten im Polizeiboot, das mit voller Kraft in Richtung Interlaken fährt, um ihn zur Untersuchung ins Spital zu bringen.

Hoch oben auf der Wand über dem See steckt ein Mann sein Nachtsichtgerät und die Infrarotkamera zurück in den Rucksack. Er richtet sich auf, reibt sich die brennenden Augen und zieht den Reißverschluss seines Anoraks fröstelnd bis zum Kinn hoch.

Er streckt die von der kühlen Nachtluft steif gewordenen Beine. Dann schwingt er den Rucksack auf seinen Rücken, klaubt sein Handy aus der Manteltasche und geht mit leisen Schritten durch die Dunkelheit zurück zum Feldweg, wo sein Wagen steht. Äste knacken unter seinen Sohlen, als er im Gehen leise in sein Handy spricht.

Weitere Bücher von Stefan Prebil

EISDIAMANTEN Trilogie Band I
Wer Respekt nicht kennt,
wird Demut lernen

Paperback   978-3-7497-7540-8
Hardcover   978-3-7497-7541-5
e-Book   978-3-7497-7542-2

Inhaltsangabe

Der erste Teil einer Trilogie, die von den Abenteuern
eines Aussteigers erzählt, von leidenschaftlicher Liebe,
unsäglicher Gier und internationaler Geldwäscherei.

Als Tauch-Guide in Island, im eiskalten Wasser der
Silfra-Spalte versucht der Mittfünfziger Samuel Frei,
seine Jugendträume wahrzumachen. Glücklich, sein
Managerleben endlich hinter sich lassen zu können,
passt er sich dem neuen, ungewohnten Lebensstil Is-
lands und des jungen Taucherteams an und verliebt
sich hoffnungslos in eine bildhübsche Kollegin.
Ein Vulkanausbruch unter dem Langjökull Gletscher im
berühmten Thingvellir Nationalpark lässt eine tödl '
Schlammlawine auf die Touristen zurasen und bee
brutal das respektlose Geschäft in der Natur. Sam kann
mit wenigen Tauchern dem Inferno knapp entkommen.
Dabei machen sie einen sensationellen Fund, der ihr
Leben radikal verändern wird.

LORENA – 2032 Die Zeit der Wahrheit

Paperback ISBN: 978-3-7497-2629-5
Hardcover ISBN: 978-3-7497-2650-9
e-Book ISBN: 978-3-7497-2651-6
Hörbuch: ISBN 978-3-033-06774-5

Inhaltsangabe

Wir haben das Jahr 2032: Jacko Brevic nähert sich dem 70. Lebensjahr und bereitet sich vor, durch einen Selbstversuch der Unsterblichkeit nahezukommen. Denn in seinem fortgeschrittenen Alter hat er noch lange nicht genug vom Leben. Doch dann konfrontiert seine ungewollt schwangere Enkelin ihn mit seiner nie verdauten Vergangenheit: der Adoptionsfreigabe ihres Vaters. In der Folge kommt ein folgenreicher Betrug seines ehemaligen Freundes ans Licht, der außer Jacko auch die gesamte Gesellschaft der Schweiz in ein Dilemma stürzt.

Zeitfracht Medien GmbH
Ferdinand-Jühlke-Straße 7
99095 Erfurt, Deutschland
produktsicherheit@kolibri360.de